Ina Kloppmann

„BEREUE" Hannover Krimi

Bücher der Autorin: „Bereue" Hannover Krimi" 1. Auflage
(Veröffentlichung: Dezember 2014 / BoD Books on Demand)
Überarbeitete Neuauflage von „Bereue" Hannover Krimi:
(Veröffentlichung Oktober 2016 / BoD Books on Demand)

„Anders" Hannover Krimi
(Veröffentlichung März 2016 / BoD Books on Demand)
ISBN: 978-3-7347-0649-3
Herstellung und Verlag: BoD - Books on Demand, Norderstedt
Cover: Foto Ina Kloppmann / Design Kyra Bühmann

© Alle Rechte liegen beim Autor I. Kloppmann

Ina Kloppmann

BEREUE

Hannover Krimi

„In jedem Menschen leben zwei Wölfe, ein guter und ein böser. Siegen wird nur der, den man füttert. Welchen Wolf du in dir fütterst, das entscheidest du ganz allein." *(Eine alte Indianerweisheit)*

Prolog

In der Ferne hörte sie einen Hund bellen. Sie wollte nach Hilfe rufen, aus ihrer trockenen Kehle kam aber nur ein heiseres Krächzen. Mühsam öffnete sie ihre Augen und schaute nach oben. Durch die hohen Tannen sah sie die vielen Sterne am Himmel leuchten. Es wirkte alles so friedlich. Vorsichtig versuchte sie sich aufzurichten, fiel aber sofort, vor Schmerzen wimmernd, zurück auf den kalten, nassen Boden. Sie zitterte nicht nur weil sie fror, sie hatte auch panische Angst vor weiteren Übergriffen. Etwas Feuchtes lief ihr über das Gesicht. Sie leckte sich das warme Blut von ihren wunden Lippen. Verzweifelt stöhnte sie auf. Lauerten ihre Peiniger hier irgendwo in ihrer Nähe? Beobachteten sie sie heimlich, um sich an ihrer Hilflosigkeit aufzugeilen? Spielten sie ein grausames Spiel mit ihr und ließen sie in dem Glauben, allein zu sein, um dann plötzlich aus ihren Verstecken hervorzuspringen? *Werden sie wieder wie wilde Tiere über mich herfallen?* Panik breitete sich erneut in ihr aus. Wellenartige Krämpfe durchzuckten ihren geschundenen Körper. Sie erbrach sich in der Erinnerung an das Martyrium der letzten Stunden.

1

„Würdest du dich bitte mal beeilen? Wir kommen sonst zu spät zum Meeting", rief eine ungeduldige Stimme aus einem der Schlafzimmer.

„Bin sofort fertig. Mach nicht immer so'n Wind." Saskia zog sich hastig einen engen schwarzen Rock über ihre braun gebrannten Beine und schlüpfte dann in ihre hochhackigen Pumps. Ein letzter kritischer Blick in den Spiegel ließ sie zufrieden lächeln. „Was ist, können wir endlich?", rief sie ihrer Freundin zu, bevor sie sich ihre Tasche schnappte.

„Wow, siehst du seriös aus." Judy lehnte lässig im Türrahmen und musterte Saskia bewundernd. Sie konnte sich in ihrem eleganten Etuikleid ebenfalls sehen lassen. Ihre langen schwarzen Haare hatte sie sich aus dem Gesicht gekämmt und zu einem Zopf gebunden.

„Danke, meine Süße. Dein Outfit finde ich auch toll", gab Saskia ihr das Kompliment zurück. „Jetzt aber los, sonst kommen wir wirklich noch zu spät."

Vor etwa fünf Jahren hatten sich Judy und Saskia als Immobilienmaklerinnen selbstständig gemacht. Seit einem halben Jahr wohnten sie gemeinsam in einer Dachgeschosswohnung mit vier Zimmern in einem der wunderschönen alten Häuser in der Südstadt Hannovers. Da sie nicht die Absicht hatten, „einem Vermieter seine Wohnung zu finanzieren", entschlossen sie sich, sie zu kaufen. Ihre Freunde, die ihnen beim Umzug geholfen hatten, waren völlig erschöpft und hatten sie gebeten, bloß nie wieder umzuziehen. Das Treppenlaufen ersparte Judy und Saskia zumindest das Fitnesscenter.

Eines der Zimmer wurde von ihnen ausschließlich als Büro genutzt. Publikumsverkehr gab es nicht. Angebote wurden per Internet hereingeholt und über diverse Immobilienportale verbreitet. Mit den potentiellen Kunden verabredeten sie sich generell Vorort. Sie gingen auf ihre Bedürfnisse ein und durch den ehrlichen und vertrauensvollen Umgang mit ihnen konnten sie sich schon bald auf dem Immobilienmarkt etablieren. Zwischen den beiden Maklerinnen und Maren, einer ihrer Kundinnen, hatte sich im Laufe der Jahre eine lockere Freundschaft entwickelt. Maren Schuhmacher, die Frau eines sehr erfolgreichen Geschäftsmannes, lernten Judy und Saskia bei einer Vernissage im Sprengelmuseum kennen. Das Ehepaar plante zu diesem Zeitpunkt, von Hamburg wieder zurück in ihre Heimat nach Hannover zu ziehen. Als Maren erfuhr, dass Judy und Saskia als Immobilienmaklerinnen tätig sind, bat sie die beiden, sich nach einem geeigneten Objekt für sie und ihren Mann umzusehen. Schon bald darauf konnten Judy und Saskia ihnen eine traumhaft schöne Villa im Zooviertel anbieten. Unmittelbar nach ihrer ersten Besichtigung entschlossen sich die Schuhmachers, die Villa zu kaufen. Sie waren von der Professionalität der beiden Frauen so begeistert, dass sie sie an ihre gutsituierten Freunde und Bekannte weiterempfahlen.

Ein paar Wochen vor ihrem heutigen Termin hatte Maren angerufen. Bei dem Gespräch hatten Judy und Saskia von ihr erfahren, dass sie auch noch eine Eigentumswohnung besaß, die aber im Moment leer stand. Maren wollte sie so schnell wie möglich veräußern. Mittlerweile war die Wohnung schon so gut wie verkauft. Heute sollten sie zu ihr kommen, um die letzten Details mit ihr zu besprechen.

Saskias roter Mazda MX-5 Roadster bewegte sich keinen Millimeter vorwärts. Sie steckten mitten im Feierabendverkehr fest, die Hans-Böckler-Allee war mal wieder proppenvoll.
Judy tippte eine Nummer in ihr Smartphone.
„Hallo, Maren, wir verspäten uns ein bisschen, sind aber in etwa zehn Minuten bei dir... Okay... Ja, das ist lieb. Bis gleich." Sie beendete das Gespräch und wandte sich ihrer Freundin zu. „Sie setzt schon mal Kaffee auf, wir sollen bloß keine Hektik aufkommen lassen."
Endlich ging es wieder flüssig weiter. Saskia fuhr kurz vor dem Zoo links ab in eine Sackgasse und hielt schließlich vor der Villa der Schuhmachers an.
„Ach, ist das schön", seufzte Judy. „Wenn ich das Geld hätte, würde ich hier sofort einziehen."
Maren erwartete sie bereits und öffnete das Eingangstor. Saskia fuhr den Kiesweg zur Villa hoch und parkte vor einer der Garagen. Die Frauen begrüßten sich herzlich und Maren führte sie durch einen großen Flur ins Wohnzimmer.
„Macht es euch doch schon mal bequem, ich bin gleich wieder zurück."
Judy und Saskia nahmen jeweils auf einem der schweren Ledersessel Platz. Auf dem teuren Designertisch standen drei Tassen auf passenden Untertellern, ein Zuckerdöschen, ein Milchkännchen und eine Schale mit Keksen. Saskias Magen machte unerwünschte Geräusche. Bevor sie losgefahren waren, hatte sie auf die Schnelle nur einen Muffin gegessen. Maren gesellte sich zu ihnen und goss Kaffee in die zierlichen Tassen. Sie war eine attraktive, elegante Frau, etwa Ende vierzig. Ihr wahres Alter konnte man aber nur schwer einschätzen.

„Dass ihr so schnell einen Käufer für die Wohnung gefunden habt, ist fantastisch. Ihr habt wirklich gute Arbeit geleistet. Mein Kompliment!"
Judy und Saskia freuten sich über diese Anerkennung. Zu ihrem Beruf gehört sehr viel Fingerspitzengefühl, Menschenkenntnis und Geduld. Es gibt heute leider einige Makler, die nur auf den Profit aus sind. Dazu zählten sie sich nicht, zumal sie eine seriöse Ausbildung abgeschlossen hatten. Natürlich wollten auch sie viel Geld verdienen, dafür boten sie ihren Kunden selbstverständlich eine kompetente Beratung und individuelle Betreuung an.
Maren goss sich noch einmal Kaffee nach.
„So, dann lasst uns am besten gleich zur Sache kommen. Ich beabsichtige, nun auch die Villa zu verkaufen, und hoffe, ihr habt ein bisschen Zeit mitgebracht. Was ich euch jetzt erzählen werde, bleibt aber bitte unter uns. Ich gehe von eurer Diskretion aus." Judy und Saskia sahen sich erstaunt an. Was nun folgte, war spektakulär.

Marens holder Gatte war scheinbar ein lebenslustiger Draufgänger, der nichts anbrennen ließ. Zu Hause war er der Herr im Haus, sein Wort war Gesetz. Um des lieben Friedens willen hatte sich Maren bisher alles gefallen lassen. Jetzt hatte er den Bogen allerdings überspannt.
Konrad Schuhmacher begann Mitte der achtziger Jahre mit dem Verkauf von Jogginganzügen aus Ballonseide in grellen Farben. JEDER trug diese Sportbekleidung wie eine Designer-Klamotte. Später eröffnete er in Hamburg eines der ersten großen Fitnessstudios, expandierte und besaß schon nach kurzer Zeit mehrere Studios. Er wurde so erfolgreich, dass er

Franchise-Rechte vergeben konnte und richtig, richtig reich wurde. Anfangs arbeitete Maren noch mit. Irgendwann meinte Konrad, dass sie es nicht mehr nötig hätten. Ihr war es recht, denn sie wünschte sich von ganzem Herzen ein Kind.
Nach einer Abtreibung und zwei Fehlgeburten riet ihr Frauenarzt zu einer Sterilisation. Eine erneute Schwangerschaft sei zu gefährlich für sie. Maren ertränkte ihren Kummer im Alkohol, wurde depressiv und versuchte sich zweimal das Leben zu nehmen. Konrad ignorierte ihre stummen Hilfeschreie und verletzte sie immer wieder aufs Neue mit seinen Weibergeschichten.
Eines Tages erhielten die Schuhmachers eine Einladung zu einer Benefizveranstaltung für in Not geratene Kinder. Maren traf sich später noch einmal mit der Gründerin des Fördervereins und wurde bald ein aktives Mitglied. Endlich bekam ihr Leben einen Sinn. Die Bettgeschichten ihres Mannes nahm sie, wie immer, stillschweigend hin. Einmal wagte sie es dann doch, das Thema Scheidung anzusprechen. Konrad flippte total aus. Er schrie sie an und drohte ihr, sie fertigzumachen, falls sie sich tatsächlich von ihm trennen würde. Sie hatte Angst vor ihm und sprach nie wieder darüber. Außerdem konnte und wollte sie nicht auf ihr finanziell abgesichertes Leben verzichten. Doch man kann nicht ewig seine Augen verschließen. Vor etwa einem Monat bekam Maren den für sie alles verändernden Anruf einer Frau, die eigentlich Konrad sprechen wollte.

Wahrscheinlich wieder eines deiner zahlreichen Flittchen! Verärgert versuchte sie die Anruferin abzuwimmeln. Doch dann überlegte sie es sich anders und gab sich als Sekretärin ihres Mannes aus. Als sie sich den Namen und die Telefonnummer notieren wollte, zögerte die junge Frau für einen Moment. Schließlich gab sie ihr doch die gewünschten Daten. Nachdem Maren den Hörer aufgelegt hatte, starrte sie noch eine Weile auf den Zettel. Dann zerknüllte sie ihn wütend und warf ihn in den Papierkorb. Konrad wollte sie nichts von dem Anruf erzählen, er würde sowieso erst in ein paar Tagen von einer Geschäftsreise zurückkommen.

In ihr brodelte es. Bisher hatte sie so getan, als wüsste sie nichts von seinen Affären. Sollte sie, wie immer, den Kopf in den Sand stecken? Sie fischte den Zettel mit der Telefonnummer wieder aus dem Papierkorb, strich ihn glatt und überlegte, ob sie sich auf ein Gespräch mit dieser Frau einlassen sollte. Vielleicht war die ganze Sache ja völlig harmlos. Wenn sich ihre Vermutungen allerdings bestätigen würden, war sie sich über die Konsequenzen im Klaren und wusste, dass sie sich diesmal mit ihnen auseinandersetzen müsste.

Die junge Frau an der anderen Seite der Leitung stand noch einen Moment lang da. Sie hielt das kabellose Telefon unschlüssig in ihrer Hand, bevor sie es wieder zurück auf die Ladestation steckte. Ihr war ganz schön mulmig zumute. Hatte sie womöglich einen Fehler begangen?

Wie in Trance bewegte sich Maren nach unten zum Weinkeller, nahm zwei Flaschen Barolo aus dem Regal und ging wieder hoch ins Wohnzimmer. Sie setzte sich auf ihren Lieblingssessel und goss sich den trockenen Rotwein in ein bauchiges Glas, in der Hoffnung, dass der Alkohol ihre Ängste betäuben würde. Sie fand aber keine Ruhe.

Langsam wurde es dunkel. Maren stand auf und zündete alle Kerzen im Raum an. Dann hielt sie inne und fing hemmungslos an zu weinen.

Maren wachte am nächsten Morgen völlig erschlagen auf. Sie war immer noch betrunken. In ihrem Kopf hämmerte es unerträglich. Sie schlich sich in die Küche, füllte ein Glas mit kaltem Wasser und schaute zu, wie sich die Schmerztablette langsam darin auflöste. Dann trank sie es in einem Zug aus. Anschließend ging sie ins Badezimmer und betrachtete sich im Spiegel. Ihr Gesicht war voller roter Flecke und ihre schönen Augen total verquollen. „So eine wie dich kann man ja auch nicht lieben!", schrie Maren ihrem Spiegelbild entgegen und fing wieder an zu weinen. Energisch wischte sie sich die Tränen weg und stellte sich unter die Dusche. Sie drehte den Wasserhahn weit auf und ließ den heißen Strahl so lange über ihren Körper laufen, bis das Badezimmer im Nebel verschwunden war. Dann schlüpfte sie in ihren kuscheligen, weißen Bademantel. Um ihre nassen Haare wickelte sie geschickt ein Handtuch zu einem Turban. Abschließend trug sie noch eine teure Gesichtsmaske auf, ging in die Küche, goss sich heißen Kaffee in einen Becher und machte es sich auf der Couch bequem. Einen klaren Gedanken konnte sie aber immer noch nicht fassen. Sie nahm die Fernbedienung vom Tisch und zappte sich durch die Programme. „Mal wieder nur Schrott im Fernsehen", sagte sie laut zu sich und blieb schließlich bei einer Talkshow hängen. Maren lehnte sich zurück und schloss müde ihre Augen.
„Du hast mich immer wieder belogen und betrogen", brüllte ein weiblicher Talkgast ihren Freund an. Interessiert setzte

sich Maren auf. Das Thema passte ja perfekt zu ihrer derzeitigen Situation.

„Stimmt es, dass Jana dich auf einer Party beim Knutschen mit einer anderen erwischt hat?", fragte die Moderatorin.

„Nein, so war das überhaupt nicht. Sie hat da was ganz falsch verstanden", log der junge Mann mit dem fehlenden Schneidezahn. „Ich habe Tina nur auf die Wange geküsst. Das ist doch normal unter Freunden." Das Publikum johlte und die Moderatorin wandte sich grinsend um.

„Solche Ausreden kennen wir schon, was Leute?"

Jana schluchzte leise vor sich hin.

Wie kann man sich nur so ungepflegt im Fernsehen präsentieren? Das Mädchen ist doch ganz niedlich, sie könnte bestimmt was aus sich machen. Den Typen mit seiner Hose „auf halb acht" sollte sie in den Wind schießen, sie hätte was Besseres verdient. „Ha, ha", lachte ihr vernünftiges Ich hämisch, „das sagt nun eine, die sich scheinbar bestens auskennt!" Ein Frösteln zog sich wie eine Gänsehaut über ihren gesamten Körper. Maren nahm sich eine dicke Wolldecke, kuschelte sich darin ein und wartete gespannt auf das Finale.

Nachdem der Fremdgeher mit dieser Tina konfrontiert wurde und sie den Kuss und noch weitere Intimitäten bestätigte, wurde nur noch herumgebrüllt. Die Moderatorin hörte sich vergnügt die Schreierei und die Kommentare des Publikums an. Dann bat sie energisch um Ruhe. Jana wurde gefragt, ob sie sich jetzt von ihm trennen wolle. Sie nickte verwirrt und der ganze Saal tobte vor Begeisterung. Ihr Freund begann nun zu betteln und zu flehen, wollte eine zweite Chance, da er sie doch über alles lieben würde.

„Ich weiß, dass du noch eine Überraschung für Jana vorbereitet hast. Na los, vielleicht verzeiht sie dir ja", drängte die Moderatorin den jungen Mann. Wie auf Kommando betrat ein Mitarbeiter der Sendung das Studio, ging auf den Reuigen zu und drückte ihm einen riesigen Strauß Rosen in die Hand. „Nimm sie in den Arm!", rief einer der Zuschauer. „Sei nicht so blöd. Der wird dich sowieso immer wieder betrügen", war die Meinung eines anderen. Mit einem Dackelblick schlich er verlegen zu Jana, überreichte ihr den Blumenstrauß und fragte, ob sie sich mit ihm verloben würde.
„Tue es nicht!", rief ihr eine Frau mit knallroten Haaren zu. Das Mädchen ignorierte sie, fiel ihrem Freund glücklich um den Hals und rief ganz laut „Ja." Die beiden knutschten vor laufender Kamera, als wollten sie sich gegenseitig auffressen. *Was für eine blöde Kuh. Wie ihre Zukunft aussieht, ist doch schon vorprogrammiert.* Seufzend schaltete Maren den Fernseher aus und nahm einen Schluck von dem inzwischen kalt gewordenen Kaffee. Die blöde Kuh war sie selbst. Konrad hatte sich ihr gegenüber schon immer rücksichtslos verhalten. Damit war jetzt endgültig Schluss. Irgendwo tief in ihr steckte noch die alte Kämpferin von früher. *Die holen wir jetzt aus ihrem Dornröschenschlaf heraus!* Maren griff zum Telefon, wählte die Nummer, die auf dem zerknitterten Papier stand, und wartete, bis sich jemand meldete. Das Gespräch fiel sehr kurz aus. Sie verabredete sich für den folgenden Tag mit der jungen Frau, die sich ihr als Paula Winkler vorgestellt hatte.

Maren war schon nervös, bevor sie an dem vereinbarten Treffpunkt angekommen war. Die beiden Frauen begrüßten sich höflich. Anschließend gingen sie gemeinsam in den klei-

nen Biergarten einer gemütlichen Kneipe und setzten sich an einen runden Tisch. Der Biergarten war durch hohe Büsche vor den Blicken der vorbeieilenden Passanten geschützt. Am Nachbartisch saß engumschlungen ein verliebtes Pärchen und sah sich tief in die Augen. *Die sind bestimmt verheiratet, aber nicht miteinander,* dachte Maren zynisch. Dann sprach sie Paula direkt auf Konrad an und wollte wissen, seit wann sie ein Verhältnis miteinander hätten. Die junge Frau war so überrascht, dass ihr fast das Glas aus der Hand gefallen wäre.
„Sie glauben, ich hätte eine Affäre mit ihrem Mann? Der ist nun wirklich nicht mein Jahrgang."
Maren sah sie irritiert an.
„Jetzt verstehe ich überhaupt nichts mehr. Ich dachte, Sie sind die Geliebte meines Mannes und wollten mich zu einer Scheidung oder Ähnlichem überreden."
Paula fing an zu lachen, wurde aber gleich darauf wieder ernst.
„Ich suche meinen Vater", sagte sie leise.
Die Bombe war geplatzt. Maren entschuldigte sich kurz, stand auf und ging zur Toilette.
Sie stützte sich auf dem Waschbecken ab, ließ das Wasser laufen und sah eine Weile zu, wie es in den Ausguss floss. Dann bespritzte sie sich ihr Gesicht mit dem kalten Nass und drehte den Hahn wieder zu. Während sie sich ihre pochenden Schläfen massierte, überlegte sie fieberhaft, ob sie wirklich wissen wollte, was Paula ihr zu berichten hatte. Sie zog mit einem Lippenstift gedankenverloren die Konturen ihres schön geschwungenen Mundes nach. Anschließend öffnete sie mechanisch die Tür, begab sich auf den Weg zum Ausgang und wollte sich einfach davonschleichen...

Maren setzte sich dann aber doch wieder zurück an den Tisch. Sie wollte nicht mehr davonlaufen. Sie wollte sich dem Unabwendbaren stellen. Noch war sie jung genug, um ihr Leben selbst in die Hand zu nehmen und um noch einmal ganz von vorne anzufangen. Die junge Frau musste etwa Anfang zwanzig sein. Wenn sie tatsächlich Konrads Tochter war... Das wollte sie jetzt genau wissen.

„Was macht Sie so sicher, die Tochter meines Mannes zu sein? Haben Sie Beweise dafür?", begann sie erneut das Gespräch.

Paula atmete tief durch.

„Das ist eine lange Geschichte", antwortete sie zögernd.

„Ich habe Zeit", erwiderte Maren.

Paula wuchs bei ihrer Tante und ihrem Onkel auf. Von ihren leiblichen Eltern wusste sie so gut wie nichts, das Thema war tabu. In der Pubertät forderte sie dann die unbeantworteten Fragen aus ihrer Kindheit energisch ein, bekam aber keine Antworten. Sie fing an zu rebellieren, zog nachts mit falschen Freunden um die Häuser, betrank sich und begann zu kiffen. Oftmals wurde sie von der Polizei nach Hause gebracht, bis sich irgendwann das Jugendamt einschaltete. Mit siebzehn landete sie schließlich in einer betreuten Wohngruppe. Anfangs hatte sie Probleme damit, sich den Regeln dort anzupassen. Die Pädagogin war aber eine geduldige und verständnisvolle Frau, die ihr half, den richtigen Weg für sich zu finden. Paula beendete die Realschule mit einem passablen Zeugnis und begann eine Ausbildung zur Zahnarzthelferin. Durch den Erfolg wuchs auch ihr Selbstvertrauen. Mittlerweile hatte sie ihre Ausbildung abgeschlossen und durfte weiterhin in der

Praxis arbeiten. Die Patienten mochten ihr angenehmes Wesen und unter den Kolleginnen fand sie in Kassandra eine gute Freundin. Mit ihr und einem anderen Mädchen gründete sie vor einem Jahr eine WG. Das Verhältnis zu ihrer Tante und ihrem Onkel war inzwischen ganz in Ordnung. Die freuten sich, dass sie sich so gut entwickelt hatte. Trotzdem sehnte sich Paula mit allen Fasern ihres Herzens nach ihrer Mutter, an die sie sich kaum noch erinnern konnte.
Vor ein paar Wochen waren Mom und Dad, wie sie die beiden nannte, nach Miami geflogen. Sie wollten mit einem Wohnwagen quer durch Florida bis nach Kalifornien fahren. Davon träumten sie schon seit Jahren. Sie hatten Paula gebeten, sich in ihrer Abwesenheit um ihre Katze zu kümmern und die Pflanzen zu gießen.
Eine Woche vor deren Rückkehr aus den Staaten machte sich Paula wie jeden Tag auf den Weg zu ihrem alten Zuhause. Sie schloss die Wohnungstür auf, betrat den Flur und hängte ihre Jacke an den Haken der Garderobe.
„Na, Minka, hast du Hunger?", fragte sie die alte Katze, die ihr schnurrend um die Füße strich. Sie nahm sie auf den Arm, streichelte sie zärtlich, gab ihr einen Kuss auf die feuchte Nase und setzte sie zurück auf den Teppich. Dann ging sie in die Küche, holte das Katzenfutter aus dem Schrank und füllte den Fressnapf. Gierig verschlang das Tier seine Mahlzeit. Anschließend leerte Paula das Katzenklo und füllte es mit frischer Streu.
„So, mein Kleines. Alles wieder sauber. Bist du satt?" Ein zufriedenes Maunzen war die Antwort. Nachdem die Katze gut versorgt war, goss sich Paula Milch in ein Glas und trank es in einem Zug aus.

„Was machen wir jetzt?", überlegte sie laut, ging dann in ihr altes Kinderzimmer und sah sich darin um. Früher hatten rosafarbene Möbel in dem Raum gestanden. Auf dem Bett hatten ihre Puppen und Kuscheltiere gesessen. Nachdem sie ausgezogen war, wurde das Zimmer renoviert und nun als Gästezimmer genutzt.

Ihre Kindheit war schon schön gewesen und sie wusste, dass die Schwester ihrer Mutter sie wie eine eigene Tochter liebte. Sie selbst konnte keine Kinder bekommen. *Ich hätte so gern einen großen Bruder gehabt.* Paula legte sich auf das Bett und rollte sich wie ein Embryo zusammen. „Mama, warum hast du mich verlassen?", schluchzte sie mit einem Male und weinte sich schließlich in den Schlaf.

Erst gegen Mitternacht erwachte sie wieder. Um nach Hause zu fahren war es schon zu spät. Sie ging ins Wohnzimmer und holte ein paar Fotoalben aus dem Schrank. Dann setzte sie sich im Schneidersitz auf den Fußboden und schaute sich die Bilder aus der Vergangenheit an. Als sie die Alben wieder zurück ins Fach legen wollte, stieß sie gegen eine kleine Schachtel. Neugierig holte sie sie hervor und öffnete den Deckel. In der Schachtel lagen lose ein paar alte Fotos. Mit zitternden Händen nahm sie eines davon heraus. Darauf war eine junge Frau mit halblangen, blonden Haaren zu sehen. Sie schaute traurig in die Kamera. Auf ihrem Schoß saß ein kleines Mädchen mit einem blauen Stoffhasen im Arm. Paulas Herz raste vor Aufregung. Den Hasen besaß sie immer noch, allerdings fehlte ihm inzwischen ein Ohr. Gespannt sah sie sich die anderen Fotos an. Auf dem einen war die junge Frau als Piratin verkleidet und auf dem anderen lehnte sie lässig an einem Motorrad. Das letzte Bild ließ Paula erstarren. Vor einem VW Cabrio stand ein Paar. Der Mann sah älter aus als die Frau, irgendwie kam er ihr bekannt vor. Er hatte seinen Arm besitzergreifend um ihre Schultern gelegt, sie schaute ihn ganz verliebt an. Die Frau war ihre Mutter, das war eindeutig. War der Mann an ihrer Seite etwa ihr Vater? Paula behielt das Foto noch lange in der Hand. Dann legte sie die Schachtel wieder in die hinterste Ecke des Regals und verschloss die Schranktür.

Aufgewühlt ging sie zurück ins Gästezimmer, kroch angezogen unter die Bettdecke und starrte das Foto weiter ungläubig an. Sie sah der jungen Frau sehr ähnlich. Vor allem an den Augen und der hohen Stirn erkannte sie die familiäre Übereinstimmung. Paula suchte nach Hinweisen in dem Gesicht des Mannes. Auch ihre Oberlippe war etwas schmaler und am Kinn hatte er, wie sie auch, ein Grübchen. In ihrem Kopf wirbelte alles durcheinander. Irgendwann schlief sie erschöpft ein. In ihrem Traum lief die Frau auf dem Foto mit weit geöffneten Armen auf sie zu und rief immer wieder ihren Namen...

Maren zeigte sich sichtlich bewegt, als sie von der Geschichte erfuhr. Paula erzählte ihr, dass es schon immer ihr größter Wunsch gewesen sei, zu wissen, was mit ihrer Mutter geschehen war und wer ihr Vater ist. Sie hatte aber keine Anhaltspunkte oder Unterlagen, um selbst nach ihnen zu forschen. An ihre Mutter konnte sie sich kaum noch erinnern. Außer an ein schemenhaftes Gesicht, ihren vagen Geruch und die Erinnerung an das Gefühl, wenn sie sie zärtlich in ihren Armen gewogen hatte. Paula war erst zwei Jahre alt, als sie für immer aus ihrem Leben verschwand.

„Wie kamen Sie darauf, dass es sich bei dem Mann auf dem Foto um Konrad handeln könnte?"
„Ich erinnerte mich an einen Artikel, den ich in einer Fitnesszeitschrift gelesen hatte. Es ging dabei um die Eröffnung des dreißigsten Schuhmachers Wonderland Gym. Da trainiere ich übrigens auch, deshalb interessierte mich der Bericht über diese Party."
Maren erinnerte sich ebenfalls an die Veranstaltung im letzten Jahr, schließlich war sie für die Organisation zuständig gewesen. Sie hatte damals die Gelegenheit für eine Spendenaktion genutzt. Das Geld sollte bedürftigen Kindern zugutekommen. Viele Prominente waren unter den zahlreichen Gästen gewesen. Gefeiert wurde in einem von ihr angemieteten großen Saal. Je mehr getrunken wurde, desto großzüger floss auch das Geld. Es war dabei ein ansehnlicher Betrag zusammengekommen. Die Zeitungen, auch diverse Zeitschriften, schrieben später begeistert über eine der „glamourösesten Partys der Landeshauptstadt". Die positiven Berichte über ihre Fitnessstudios erwiesen sich im Nachhinein als die beste Werbung „ever". Die Flut an Neuanmeldungen hatten sie nicht erwartet...
Paula unterbrach Marens Erinnerungen und erzählte ihr weiter, dass sie im Internet recherchiert hätte und schnell fündig geworden wäre. Sie haderte eine Weile mit sich selbst, bevor sie den Mut fand, anzurufen. Dass der erste Kontakt dann mit Maren und nicht mit Konrad zustande kam, war von ihrer Seite nicht geplant gewesen.
Versonnen schaute sich Maren das alte Foto an, das Paula ihr überreicht hatte. Der Mann auf dem Bild war eindeutig Kon-

rad, natürlich viel, viel jünger. Er musste so Ende zwanzig gewesen sein.
Ihr wurde auf einmal ganz heiß. Maren rechnete die Zeit zurück. Sollte er tatsächlich Paulas Vater sein, dann hätte er sie schon kurz nach ihrer Hochzeit betrogen. *Dieses Schwein! Wenn das tatsächlich alles stimmt, war ich damals gerade schwanger.* Tapfer schluckte sie ihre Tränen herunter.
„Vielleicht hatte mein Mann ja eine Affäre mit Ihrer Mutter, aber woher wollen Sie wissen, dass er sie auch geschwängert hat?", brach es aus ihr heraus. Sie biss sich gleich darauf selbst auf die Zunge. „Entschuldigung. Aber mal im Ernst, das ist doch noch lange kein Beweis. Vielleicht war bei Ihnen eher der Wunsch der Vater des Gedankens."
Paula schaute sie nur stumm und mit traurigen Augen an. Dann setzte sie ihre Geschichte weiter fort.

Nach der Rückkehr ihrer Pflegeeltern konfrontierte Paula sie gleich mit den Fotos. Sie wollte endlich Klarheit haben und sich nie wieder von ihnen abwimmeln lassen. Mom und Dad waren zuerst sehr erschrocken, als Paula ihnen ihren Fund präsentierte, aber sie versuchten nun nicht mehr, von dem Thema abzulenken. Endlich erfuhr Paula von ihnen alles, was sie über ihre Eltern wissen wollte.
Ihre Tante war ein paar Jahre älter als Paulas Mutter Anna. Mit achtzehn lernte Anna einen verheirateten Mann kennen und verliebte sich sofort in ihn. Die Bedenken ihrer Schwester, dass dieser Mann viel zu alt und auch noch anderweitig gebunden war, wurden von ihr einfach ignoriert. Lieber malte sich die junge Frau eine rosarote Zukunft mit ihm aus. Sie träumte von einem gemeinsamen Leben und den vielen Kin-

dern, die in dem großen Garten ihres imaginären Hauses herumtollen würden.
Das Paar traf sich regelmäßig. Manchmal nahm er sie auf eine seiner Geschäftsreisen mit. Sie spielten dann in der Anonymität der Großstädte Mann und Frau. Er versprach Anna, dass er sich von seiner Frau endgültig trennen würde, schob die Aussprache mit ihr aber immer wieder vor sich her. Dann wurde Anna schwanger. Die Freude des Mannes über die ungewollte Schwangerschaft überraschte nicht nur sie, sondern auch ihre gesamte Familie. Anna glaubte ihm, als er sagte, dass er sich nun scheiden lassen würde. Allerdings wäre seine Frau, so wie er behauptete, psychisch krank und er wollte eine passende Gelegenheit abwarten, um es ihr schonend beizubringen. Bei der Geburt von Paula konnte er nicht dabei sein, weil er mal wieder ein wichtiges Meeting vorzog. Als er dann überraschend für sie und das Baby eine Wohnung mietete, hoffte Anna, dass er jetzt endlich zu seiner kleinen Familie stehen würde. Konrad liebte Paula abgöttisch und er verwöhnte seine kleine Prinzessin mit viel zu vielen Geschenken. Das Thema Scheidung blockte er wieder ab oder lief den Diskussionen einfach davon.
Eines Tages bat Anna ihre Schwester, die Kleine übers Wochenende zu beaufsichtigen. Sie schien sehr aufgeregt zu sein und meinte, dass sie jetzt endlich am Ziel ihres größten Wunsches angelangt sei. Anna wollte sich mit Paulas Vater in Hamburg treffen, um mit ihm ihre gemeinsame Zukunft zu planen. Beim Abschied fiel sie ihrer Schwester ungestüm um den Hals und bat sie, ihr Glück zu wünschen. Bevor sie ging, drückte sie Paula ganz fest an ihre Brust, küsste sie auf die Stirn, auf die Nase und auf den Mund. Paula und ihre Tante

standen anschließend am Fenster und winkten ihr so lange hinterher, bis sie außer Sicht war...
Anna war nie wieder zurückgekommen. Die Familie war krank vor Sorge gewesen. Paulas Vater wurde später von der Polizei verhört. Er erzählte ihnen von dem letzten Treffen, bei dem die beiden in einem unschönen Streit auseinandergegangen waren. Anna hatte sich nicht mehr länger von ihm hinhalten lassen wollen und wütend die für sie einseitige Beziehung beendet. Bevor sie die Tür hinter sich ins Schloss fallen ließ, drehte sie sich noch einmal um und rief ihm zu, dass sie ihr Leben von jetzt an selbst in die Hand nehmen würde.
Da sie nach dem Streit auch noch Tage später von mehreren Zeugen lebend gesehen wurde, schloss die Polizei eine Straftat aus. Man vermutete, dass sie mit allem überfordert gewesen war und sich irgendwo eine neue Existenz aufbauen wollte. Bald glaubte auch ihre Familie, dass sie sich ihrer Verantwortung entzogen hatte. Paulas Tante und ihr Onkel bekamen später das Sorgerecht für sie. Über das Verschwinden ihrer Mutter wurde nie mehr geredet. Eine Zeit lang nahm Paulas Vater immer wieder Kontakt zu ihr auf, den sich ihre Familie schließlich energisch verbat. Seine Versuche blieben irgendwann aus und auch er verschwand endgültig aus ihrem Leben...
Paula war zwar froh gewesen, dass ihre Tante ihr endlich alles erzählt hatte, sie fühlte sich aber von ihr und ihrem Onkel betrogen, weil sie erst jetzt mit der vollständigen Wahrheit herausgekommen waren. Sie konnte auch nicht begreifen, warum man aufgehört hatte, weiter nach ihrer Mutter zu suchen. Aufgewühlt hatte sie sich für eine Weile von ihnen zurückgezogen. Sie musste das alles erst einmal für sich allein verarbei-

ten. Dann fasste sie den Entschluss, selbst nach ihrer Mutter und ihrem Vater zu suchen.

Paula atmete tief durch.
„So, das war´s. Wie soll´s jetzt weitergehen?"
„Das, was geschehen ist, tut mir sehr leid für Sie. Ich möchte aber sichergehen, dass mein Mann auch wirklich Ihr Vater ist. Wenn sich das bestätigen sollte, werde ich meine Konsequenzen daraus ziehen müssen."
Die Reaktion von Frau Schuhmacher kam für Paula völlig unerwartet.
„Bitte trennen Sie sich nicht von Ihrem Mann. Ich möchte doch nur endlich meinen Vater kennenlernen!"
„Das lassen Sie mal meine Sorge sein. Wir sollten in der Sache chronologisch vorgehen. Sie geben mir von sich eine Haarprobe, die von meinem Mann zu bekommen, stellt für mich kein Problem dar. Ein befreundeter Arzt wird mir sicher dabei helfen, einen Vaterschaftstest durchzuführen. Bevor es aber nicht eindeutig geklärt ist, bitte ich Sie eindringlich darum, jede Kontaktaufnahme zu meinem Mann zu vermeiden."
Paula versprach es ihr enthusiastisch. Sie sah Maren dankbar und voller Erwartung an. Endlich kam für sie der Stein ins Rollen.

Eine Woche später kehrte Konrad von seiner Geschäftsreise zurück. Er zog den Mantel aus und hängte ihn an der Garderobe auf. Nach einer kurzen Begrüßung begab er sich gleich ins Badezimmer.
„Was gibt es eigentlich zu essen?", rief er aus der Dusche.

„Zyankali", zischte sie leise. „Schnitzel mit Rotkohl", antwortete sie dann laut.

Kurz darauf kam Konrad nackt aus der Dusche, Wassertropfen fielen auf das Parkett. Maren musterte ihn von oben bis unten. Sein muskulöser Körper erregte sie noch immer. Wütend drehte sich Maren um und bereitete weiter das Essen vor. *Was ist bei uns nur schiefgelaufen? Uns geht es doch gut. Wir sind gesund, wohnen in einem wunderschönen Haus und an Geld mangelt es uns wahrhaftig nicht. Unsere Freunde beneiden uns sogar und sie halten uns für ein perfektes Paar.*

Maren war noch ganz in ihren Gedanken versunken, als Konrad sich plötzlich von hinten an sie drückte. Sie konnte seine Erregung spüren.

„Was hältst du davon, wenn wir es gleich hier unten auf den Kacheln treiben würden?", hauchte er ihr zärtlich ins Ohr. Sein heißer Atem raubte ihr fast den Verstand. Sie drehte sich langsam zu ihm um, immer noch das Tranchiermesser in der Hand haltend, mit dem sie zuvor das Fleisch angeschnitten hatte. Am liebsten hätte sie ihm damit die Kehle durchtrennt.

Konrad ließ sie vor Schreck wieder los.

„Meine Güte, Maren! Willst du mich etwa umbringen?"

„Hast du es denn verdient?", fragte sie hinterhältig. Dann riss sie sich zusammen, gab ihm einen Kuss auf den Mund und sah ihn versöhnlich an. „Wir haben doch noch die ganze Nacht vor uns. Hol schon mal den Wein aus dem Keller und zieh dir endlich etwas an, sonst erkältest du dich noch."

Er trottete gehorsam davon.

Am nächsten Morgen saßen Konrad und Maren draußen auf der Terrasse und tranken Kaffee. Konrad las den Wirtschaftsteil der Zeitung, während Maren ihren Gedanken nachhing. Dann stand sie auf und begann den Tisch abzuräumen. Sie brachte gerade das schmutzige Geschirr in die Küche, als ihr Handy klingelte. Anhand der Nummer erkannte sie sofort den Anrufer. Ihr Herz raste vor Aufregung. Einen Moment lang überlegte sie, ob sie ihn wegdrücken sollte, nahm das Gespräch dann aber doch entgegen.

Jetzt war es also amtlich. Zu 99,9 % war Konrad Paulas Vater. Maren wurde speiübel, als der befreundete Arzt ihr das Ergebnis mitteilte. Sie tobte innerlich, versuchte aber einen klaren Kopf zu bewahren. Sie wusste nun, dass sie sich endgültig von Konrad trennen würde.

Judy und Saskia hatten sich Marens Geschichte bis zum Ende angehört, ohne sie dabei zu unterbrechen. Sie wussten vorerst nicht, was sie dazu sagen sollten.

„Na ja, ihr könnt euch jetzt vielleicht vorstellen, in welchem Gefühlschaos ich mich befand." Maren schaute die beiden Frauen unsicher an.

„So etwas ist niemandem zu wünschen", begann Judy vorsichtig. „Wenn ich dich also richtig verstanden habe, willst du mit dem Verkauf der Eigentumswohnung und der Villa Konrad quasi enteignen. Was du weiterhin noch vorhast, kann ich mir nur vorstellen und kann dich auch irgendwie verstehen. Letztendlich ist es ja deine Sache, wie du mit der Angelegenheit umgehst. Durch unsere Maklertätigkeit hast du uns allerdings mehr oder weniger in deine privaten Probleme mit hineingezogen. Bevor wir uns dazu entschließen, weiter mit dir zusammenzuarbeiten, müssen wir erst klären, ob sich durch unsere Vermittlung rechtliche Konsequenzen ergeben könnten."

Maren zeigte den beiden Frauen die Grundbuchauszüge, in denen sie als alleinige Eigentümerin eingetragen war. Nur aufgrund dessen erklärten sich Judy und Saskia dazu bereit, ihr zu helfen.

2

Der Besuch bei Maren lag nun schon ein paar Tage zurück. Judy und Saskia hatten bisher keine Gelegenheit gefunden, sich mit dem, was sie ihnen anvertraut hatte, auseinanderzusetzen. Die Leute rannten ihnen fast die Bude ein. So viele Immobilien hatten sie bisher noch nie in ihrem Repertoire gehabt. Die Anfragen dafür waren ebenfalls sensationell und der Terminkalender voll. Sie dankten im Stillen dem Erfinder des Internets und dem der Webseiten, die ihre Arbeit immens erleichterten, aber die Woche war einfach zu stressig gewesen. Heute konnten sie endlich ihren wohlverdienten Feierabend genießen.

„Lass uns irgendwo was essen gehen, ich komme um vor Hunger", schlug Saskia ihrer Freundin vor, die sich sofort damit einverstanden erklärte. Sie fuhren zu einem griechischen Restaurant, das sich am Bischofsholer Damm befand. Nachdem ihnen ein Tisch zugewiesen worden war, bestellten sie sich gleich einen Ouzo.

„Brrrr..., der war nötig." Judy schüttelte sich, dann schaute sie Saskia nachdenklich an. „Marens Geschichte geht mir nicht mehr aus dem Kopf."

„Ja, das ist wirklich heftig", antwortete Saskia, „was hältst du eigentlich davon?"

Judy überlegte einen Moment.

„Wenn das tatsächlich alles stimmt, finde ich es ganz schön mutig, wie sie die Dinge angegangen ist. Ob ich mich das so getraut hätte? Ich weiß es nicht."

„Was darf ich den Damen bringen?", unterbrach sie ein gutaussehender Grieche.

Saskia klappte die Speisekarte zusammen und legte sie zur Seite.
„Wir hätten gerne eine Grillplatte für zwei, eine doppelte Portion Zaziki, eine Flasche Imiglykos und bitte noch einmal zwei Ouzo. Ach, eine große Flasche Wasser können Sie uns auch noch bringen."
Judy grinste über das ganze Gesicht.
„Da hat aber jemand richtig Durst."
Kurz darauf kam der Kellner mit den Getränken zurück und goss ihnen den Wein in ihre Gläser.
„Na gut, ich mache mit. Dann lassen wir das Auto eben stehen und nehmen uns nachher ein Taxi."
„So liebe ich dich!"
Sie stießen auf einen schönen Abend an. Saskia stellte ihr Weinglas ab.
„Ich verstehe das irgendwie nicht. Wie konnte Konrad Maren so etwas antun?"
„Es ist halt immer das gleiche Spiel. Diese Spezies von Mann meint das Recht zu haben, eine Frau unterwerfen zu dürfen. So wie damals bei unserer Nachbarin. Kannst du dich noch an sie erinnern? Das war doch schrecklich! Sie hatte sich erst von ihrem Mann getrennt, als er anfing ihr Kind zu schlagen. Es ist doch immer dasselbe Muster. Anfangs gibt er seinen miesen Charakter nicht zu erkennen und umwirbt seine Beute mit Charme. Wenn sie sich dann einfangen lässt, zeigt er ihr irgendwann sein wahres Gesicht. Nach der ersten Ohrfeige oder psychischen Verletzungen kommt er mit Blumen und Geschenken angekrochen. Er entschuldigt sich und verspricht ihr, dass so etwas nie wieder vorkommen wird. Sie glaubt und verzeiht ihm."

Der Kellner kam und brachte ihnen das Menü.
„Guten Appetit. Lassen Sie es sich schmecken", sagte er freundlich. Die beiden Frauen bedankten sich bei ihm und fingen an zu essen.
„Kannst du mir bitte mal den Korb 'rüber reichen?" Judy nahm sich ein Stück von dem warmen Weißbrot. „Danke dir. Weißt du, das Problem bei solchen Verhältnissen ist, dass nach der Phase der Entschuldigungen, die Entgleisungen dieser Kerle immer schlimmer werden. Will sich die Frau dann endlich von ihm trennen, droht er ihr, sie finanziell ausbluten zu lassen oder ihr sogar die Kinder wegzunehmen, sofern welche vorhanden sind."
Saskia schob wütend den Stuhl zurück und schmiss dabei fast ihr Glas um. Judy sah sie erschrocken an.
„Alles gut, nix passiert. Jetzt aber mal im Ernst. Wie kann man bloß so naiv sein? Meistens geht's doch dann wieder von vorne los. In den schlimmsten Fällen wiederholen sich die Misshandlungen in immer kürzeren Abständen und die Entschuldigungen bleiben irgendwann aus." Saskia fehlte jegliches Verständnis dafür, sie würde sich so ein Verhalten von keinem Mann gefallen lassen. „Es gibt doch Frauenhäuser, in denen man anonym unterkommen kann", warf sie in den Raum.
Judy trank ihr Glas aus.
„Könnten Sie uns bitte noch eine Flasche Imiglygos bringen?", bat sie den Kellner, der gerade an ihrem Tisch vorbeigehen wollte. Er nickte. Sie wartete, bis er hinter dem Tresen verschwunden war.
„In ein Frauenhaus zu gehen, wäre im extremen Fall sicher die beste Lösung. Da erhält man die notwendige Hilfe und Unter-

stützung. Aber oft suchen diese Frauen die Schuld bei sich selbst, weil der Mann es ihnen immer wieder so eingeredet hat. Entweder geben sie sich dann irgendwann selbst auf oder kratzen ihren Rest Würde zusammen und trennen sich."
Der Kellner kam mit einer Flasche Wein zurück an ihren Tisch. Judy nahm sie ihm ab und bedachte ihn mit einem strahlenden Lächeln.
„Dankeschön. Wir bedienen uns dann schon selbst."
„Ich besauf mich heute", flüsterte Saskia ihr zu, nachdem er gegangen war. „Man gut, dass wir morgen freihaben. Cheers, meine Süße."
Eine Weile widmeten sie sich schweigend ihrem leckeren Essen. Marens Ehedesaster ließ ihnen aber keine Ruhe. Judy kaute nachdenklich auf einem Stück Fleisch, schluckte es dann schnell hinunter.
„Von ihm geschlagen wurde Maren ja nicht, so was würde ich Konrad auch ehrlich gesagt nicht zutrauen. Aber durch sein permanentes Fremdgehen und seine egoistische Lebensweise hat er sie jedenfalls dermaßen verletzt, dass sie durch den psychischen Stress ihre Babys verloren hat. So einen Verlust wird man nie ganz überwinden können."
Saskia schüttelte sich angewidert.
„Er hat sie doch zu einer Abtreibung gezwungen! Meine Güte, ich würde so einem Typen in den Arsch treten, meine sieben Sachen packen und sofort verschwinden." Einige der Gäste drehten sich pikiert zu ihr um. „Ach, ist doch wahr. Sind wir Neandertaler, oder was? Mich schleift jedenfalls keiner an den Haaren in seine Höhle."
Judy lachte laut auf.

„Gleich werden wir hier rausgeschmissen und bekommen ein lebenslanges Hausverbot."
Saskia schob ihren Teller zur Seite und wischte sich mit einer Serviette den Rest vom Zaziki aus ihren Mundwinkeln.
„Eigentlich hat Maren doch selber schuld, sie hat sich bisher immer für den einfachen Weg entschieden."
Judy lehnte sich seufzend zurück.
„Das stimmt. Wie viele kostbare Jahre sie dadurch verloren hat, wurde ihr wohl erst in dem Moment bewusst, als sie von Paulas Existenz erfahren hatte. Das Kind seiner außerehelichen Beziehung steht plötzlich vor ihr. Das muss man sich mal vorstellen."
„Das sollte mal einer mit mir machen. Wer mich betrügt, hat mich nicht verdient. Maren hat ihre Toleranzgrenze allerdings auch ganz schön weit nach oben gesetzt und die ist jetzt erreicht. Nun bekommt Konrad eine saftige Rechnung von ihr präsentiert. Der Glaube an seine Unantastbarkeit lässt ihn jetzt in seine gerechte Strafe schliddern." Saskia erhob ihr Glas. „Prost, Mädel! Auf die Gerechtigkeit!"

3

Es war stockdunkel. Die kleinste Bewegung schmerzte bis ins Unerträgliche. Es war kalt, aber sie zitterte nicht nur deshalb am ganzen Körper. Ängstlich sah sie sich um. *Du bist in Gefahr! Flieh, so schnell du kannst!* Sie wollte die Stimme in ihrem Kopf einfach ignorieren, doch ihr Überlebenswille gewann schließlich den Kampf gegen den Wunsch, für immer hier liegen zu bleiben. Sie mobilisierte ihre letzten Kräfte, kroch auf allen vieren zu ihrer Jeans, die ein paar Meter von ihr entfernt auf dem Boden lag. Den Slip und ihr Handy konnte sie nirgendwo entdecken. Mühsam zog sie sich die Hose an. Ihre Bluse war zerrissen und bedeckte nur notdürftig ihre Brüste.

Vorsichtig setzte sie einen Schritt vor den anderen. Von allen Seiten waren unheimliche Geräusche zu vernehmen. Immer wieder schaute sie sich in Panik um, fühlte sich beobachtet. Irgendwo knackte ein Zweig. Voller Angst versteckte sie sich hinter einem Baum. Dann setzte sie aber ihren Weg weiter fort und hoffte, endlich auf einen Menschen zu treffen, der sie aus ihrer Notlage befreien würde.

Plötzlich sah sie einen dunkel gekleideten Mann drohend auf sich zu kommen. *Lieber Gott, bitte hilf mir!* Sie ging so schnell, wie es ihr nur möglich war, wusste aber nicht, in welche Richtung sie gehen sollte. Während sie umherirrte, dachte sie an ihre Familie, an ihre Freunde. Würde sie sie jemals wiedersehen? Dabei übersah sie einen Baumstamm, verlor das Gleichgewicht und knallte mit dem Kopf auf einen großen

Stein. Bevor sie in eine gnädige Ohnmacht verfiel, bemerkte sie noch, dass sich jemand über sie beugte…

Ein greller Pfiff hallte durch die Bäume. Die schwarze Gestalt unterbrach sofort ihr schreckliches Vorhaben. Von Weitem sah sie einen Hund auf sich zulaufen. Wütend klappte sie das Messer zusammen und verschwand schnell in der Dunkelheit.
„Baaascoo, hiiieer!" Die Stimme des Mannes klang sehr ungeduldig. „Verdammt nochmal, wo läuft er denn jetzt hin?"
„Hab ich dir nicht gesagt, du sollst ihn anleinen? Dann hoffen wir mal, dass der Förster nicht im Wald herumschleicht und deinen Hund gleich abknallt. Du weißt doch, dass man die Hunde in der Eilenriede nicht frei herumlaufen lassen darf."
Verärgert drehte sich Claus zu Thomas um.
„Das hilft mir jetzt auch nicht wirklich weiter, du Schlaumeier." Er schob zwei Finger zwischen die Zähne und stieß einen kurzen Pfiff aus. Schwanzwedelnd kam ein dunkler Labradormischling auf die beiden Männer zugerannt.
„Braver Hund." Claus streichelte ihn und gab ihm ein Leckerli als Belohnung. Basco begab sich wieder auf Entdeckungstour. Er schnüffelte aber auf Sichtweite und hinterließ überall seine Duftmarke. Die beiden Männer vertieften sich in ein angeregtes Gespräch.
„Was ist denn jetzt schon wieder los?", unterbrach Claus seinen Freund mitten im Satz. Basco lief erst auf sie zu und dann zurück zu einer Stelle hinter einem kleinen Hügel. Dort blieb er laut bellend sitzen. Claus rief ihn erneut zu sich, aber sein Hund rannte nun aufgeregt um den Platz herum. Thomas schaltete eine Taschenlampe an und leuchtete in seine Richtung.

„Da liegt irgendwas. Vielleicht ein totes Tier?", mutmaßte er.
„Ach du Scheiße", rief Claus erschrocken aus, als er erkannte, dass es sich bei dem Bündel um eine verletzte Frau handelte. Vorsichtig drehte er sie um. „Ruf sofort einen Krankenwagen", rief er entsetzt.
Während Thomas dem Rettungsdienst den Weg erklärte, kniete sich Claus neben die bewusstlose Frau.
„Mein Gott, welches Schwein hat dich nur so zugerichtet?", stieß er wütend hervor. Er konnte den Pulsschlag an ihrem Hals kaum spüren. Behutsam drehte er sie in die stabile Seitenlage, zog seine Jacke aus, legte sie um ihren geschundenen Körper und redete beruhigend auf sie ein.
Bald darauf sahen sie von Weitem das Blaulicht eines Krankenwagens auf sich zukommen. Thomas winkte die Helfer aufgeregt in ihre Richtung. Der Notarzt und die beiden Sanitäter sprangen aus dem Fahrzeug und rannten schnell zu der Stelle, an der die schwerverletzte Frau lag.
„Sie muss sofort in die Medizinische Hochschule", befahl der Arzt, nachdem er sie kurz untersucht und notdürftig versorgt hatte. Als die beiden Johanniter gerade dabei waren, die Frau vorsichtig auf eine Trage zu heben, eilten zwei Polizisten heran.
„Ach, Herr Walther, was machen Sie denn hier?", wurde Claus von dem einen angesprochen, während sich sein Kollege die Verletzte ansah, den Arzt kurz befragte und dann Verstärkung anforderte. Claus leitete ein Security Unternehmen und hatte schon oft die Hilfe der Kollegen von der Polizeistation Süd, die in der Albert-Niemann-Straße ansässig ist, in Anspruch genommen.

„Hallo, Herr Scheller", begrüßte er ihn und stellte ihm Thomas kurz vor. „Wir haben die Verletzte gefunden. Das heißt, eigentlich eher Basco, der hat uns, Gott sei Dank, hierher geführt."
„Vielleicht sollten Sie ihn bei der Hundestaffel der Polizei anmelden. Smarter Hund", lobte der Polizist und begann den Tatort mit einem rot-weißen Kunststoffband abzusperren. „Wir müssen unsere Kollegen vom Kriminal- und Ermittlungsdienst dazu bitten. Das sieht mir hier nach einer Vergewaltigung mit versuchtem Totschlag aus. Ich hoffe, Sie haben nichts angerührt und womöglich Spuren verwischt."
„Das weiß ich nicht so genau. Mein erster Gedanke galt der verletzten Frau. Als ich festgestellt hatte, dass sie noch lebt, habe ich gleich Erste Hilfe geleistet und mein Freund hat sofort den Notruf gewählt."
„Sie haben das alles richtig gemacht. Ich nehme nur noch Ihre Personalien auf, dann müssen Sie bitte den Tatort verlassen."

4

Judy und Saskia waren mit dem Essen fertig und warteten, bis der Kellner den Tisch abgeräumt hatte.

„Was hättest du eigentlich an Marens Stelle getan? Ich meine, nachdem sie den Anruf von Paula bekommen hat", wollte Saskia von ihrer Freundin wissen.

„Also, ICH hätte mir sofort meinen treulosen Gatten gegriffen und ihn gleich zur Rede gestellt."

„Sie wusste anfangs aber doch gar nicht, um was es eigentlich ging und wer die Anruferin überhaupt war. Dass Maren Paula später zurückgerufen und ihre wahre Identität preisgegeben hat, finde ich richtig. Um sich von Konrad zu trennen, brauchte sie für sich hieb- und stichfeste Beweise, ehe sie handeln konnte. Außerdem hatten sie in all den Jahren scheinbar genug Gespräche geführt, die am Ende meistens eskaliert sind. Paula muss es eine große Überwindung gekostet haben, bei den Schuhmachers anzurufen."

Diesmal unterbrachen laute Polizeisirenen ihre Unterhaltung. Vom Fenster aus konnten sie beobachten, wie auf dem Bischofsholer Damm die Autos und ein Linienbus an die Seite fuhren, um mehreren Streifenwagen Platz zu machen.

„Die wollen ja unser Tatütata gegen den amerikanischen Sound austauschen. Mit ihren neuen Uniformen sehen unsere Polizisten jedenfalls schon mal ganz schnuckelig aus", kicherte Saskia vor sich hin.

Judy runzelte ihre Stirn.

„Amerikanische Zustände herrschen bei uns ja bereits. Ob das so richtig war, die Rocker aus dem Rotlichtmilieu zu vertrei-

ben? Der Kampf um das Viertel geht bereits los und wenn der Stärkere gewinnt, dann Gnade uns Gott."
„Weißt du eigentlich, was du da gerade von dir gibst?", erwiderte Saskia. „Das sind böse Engel. Nach außen der Anschein einer blütenweißen Weste, als Geschäftsleute getarnt, und im Kern sitzt eine schwarze kriminelle Seele. Ich mag mir nicht vorstellen, was für Grausamkeiten sich da im Untergrund abspielen. Der Teufel wird womöglich durch Satan ausgetauscht. Alles bleibt, nur der Name ändert sich."
„Hast ja recht. Egal, wer letztendlich die Macht dort übernimmt, besser wird es in keinem Fall", beschwichtigte Judy ihre Freundin. „Ist schon schlimm, in was für einer Welt wir leben. Die Schwachen sind jedenfalls immer die Verlierer, so wie Paula. Das Mädchen tut mir total leid. Was ist das nur für eine Mutter, die ihr Baby einfach verlässt? So ein hochgradiger Egoismus, das ist doch Kindesmisshandlung. Die Frau gehört in den Knast."
„Nun mal langsam. Es kennt doch niemand den wahren Grund, warum sie damals so plötzlich verschwand. Sie übergab die Kleine ihrer Schwester, weil sie sie dort in guten Händen wusste", antwortete Saskia.
„Nein! Es zeugt von innerer Kälte. Ein Kind muss immer wichtiger sein als alles andere auf dieser Welt. Es gibt dafür keine Entschuldigung. Du hast doch gehört, wie sehr Paula schon ihr ganzes Leben lang darunter leidet. Vielleicht hat sie sogar als Kind gedacht, es wäre ihre Schuld, dass sie nicht lieb genug gewesen ist oder ein böses Mädchen. Solche Gedanken können eine kleine Seele schon zerstören."
„Aber so, wie sich das anhörte, hat sie sich inzwischen zu einer taffen Frau entwickelt und weiß jetzt genau, was sie will.

Es sollte wohl so sein, dass durch ihren Anruf statt Konrad seine Frau von ihrer Existenz erfuhr. Nichts passiert umsonst. Maren hatte scheinbar auch die richtigen Verbindungen und Möglichkeiten, um herauszufinden, ob Paulas Vermutung überhaupt stimmt. Ist ja fast wie in einem Roman… Komm, wir gehen nach draußen, eine rauchen, frische Luft würde uns jetzt guttun." Saskia holte eine Packung Zigaretten und ein Feuerzeug aus ihrer Handtasche und sie gingen gemeinsam vor die Tür.

„Rauchen und frische Luft, das passt." Judy nahm sich eine Zigarette aus der weißen Box und Saskia gab ihr Feuer. „Wir sollten aufhören zu rauchen. Die Zigaretten werden immer teurer und sind auch nicht gut für unseren Teint." Sie blies den Rauch gen Himmel und schaute nach oben. „Was für eine sternenklare Nacht. Jetzt würde ich gern mal wieder mit einem leidenschaftlichen Mann am Strand liegen, das Meer rauschen hören und…"

Saskia stieß sie lachend an.

„Hey, und was ist mit mir?"

„Du kannst ja mitkommen, vielleicht hat er einen Freund."

Sie prusteten los.

„Alles zu seiner Zeit, mein Schatz. Irgendwann kommt dein Traummann durch eine Tür und entführt dich ins Paradies der Liebe", flüsterte Saskia ihrer Freundin ins Ohr. In diesem Moment ging die Tür vom Restaurant auf. Ein älterer Herr mit einem gemütlichen Bierbauch kam heraus und wunderte sich, warum die beiden so albern lachten.

„Na, da hat ja mal jemand gute Laune", rief er ihnen zu. „Eine gute Nacht wünsche ich den zwei hübschen Damen. Aber nicht mehr so viel Ouzo trinken." Er schüttelte amüsiert den Kopf und schlenderte zu seinem Auto.

Die beiden Frauen gingen wieder hinein und bestellten sich noch zwei Espressi, bevor sie sich hinsetzten. Als der nette Kellner an ihren Tisch kam, nahm Judy ihm die kleinen Tassen ab und schenkte ihm noch ein verführerisches Lächeln.

„Lecker Kerlchen", grinste sie, als er sich umdrehte.

„Du bist unmöglich! Das hat er bestimmt gehört", ermahnte Saskia sie.

„Man darf doch mal gucken dürfen...", antwortete Judy ihrer Freundin mit einem unschuldigen Augenaufschlag.

Der Bauch war voll, die Flaschen leer und beide ganz schön angeschickert. Sie ließen sich vom Wirt ein Taxi bestellen und tranken mit ihm noch einen Absacker, bevor sie endlich nach Hause fuhren.

Am nächsten Morgen erwachte Saskia mit tierischen Kopfschmerzen und auch Judy ging es nicht viel besser. Sie entschlossen sich, für heute einen Gammeltag einzulegen. Den halben Nachmittag verbrachte Saskia in einem duftenden Schaumbad, nickte immer mal wieder ein. Judys Vorschlag, ihren Kater mit Sekt zu bekämpfen, lehnte sie dankend ab und trank stattdessen literweise stilles Wasser, um den Alkohol aus ihrem Körper zu schwemmen. Abends bestellten sie sich Pizza und schauten bis tief in die Nacht die alten Serien von „Sex and the City" auf DVD an. Alles, was mit ihrer Arbeit zu tun hatte, war als Thema für heute tabu. So war es eigentlich verabredet. Von Sarah Jessica Parker und ihren Mädels bekamen sie nicht allzu viel mit. War auch nicht so tragisch, schließlich hatten sie schon alle Folgen gefühlte hundert Male gesehen.

„Meinst du, Maren kann wirklich ohne Einwilligung ihres Mannes die Wohnung und das Haus verkaufen? Der springt ja im Karree, wenn er davon erfährt", griff Judy erneut das Gespräch von gestern auf.
„Du hast es doch schwarz auf weiß gesehen. Die Immobilien sind auf Marens Namen im Grundbuch eingetragen", antwortete Saskia ihrer besorgten Freundin. ‚Vom Gesetz her' kann sie damit machen, was sie will. Ob das moralisch vertretbar ist, darüber kann man sich natürlich streiten. Letztendlich hat sich Konrad das alles selbst zuzuschreiben."
Judy stieß einen tiefen Seufzer aus.
„So 'n bisschen Schiss bekomme ich aber gerade. Wer weiß, wie er darauf reagiert, wenn er von unserem ‚Komplott' erfährt."
„Na, hör mal", antwortete Saskia empört, „das ist doch deren persönliches Ding. Wenn er sie nicht so verarscht hätte, würden die beiden noch ihre goldene Hochzeit zusammen feiern."
Judy lächelte verträumt.
„Von der fetten Provision könnten wir uns eine richtig geile Kreuzfahrt leisten…"
„…Und uns dann zwei uralte Millionäre angeln", ergänzte Saskia lachend ihren Satz.
„Jau! Dann haben wir endlich ausgesorgt. Für unser körperliches Wohlergehen besorgen wir uns ein paar junge Lover, reisen um die Welt und schlürfen Cocktails an idyllischen Sandstränden."
Sie konnten sich nicht wieder einkriegen. So, wie sie heute aussahen, würde man sie noch nicht einmal an Bord lassen. Die gestrige Nacht hatte deutliche Spuren in ihren Gesichtern hinterlassen. Außerdem trug Saskia die von ihrer Mutter

handgestrickten, bunt geringelten Socken und ihren „modellartig geformten Körper" verhüllte ein mit Bärchen verzierter Baumwollpyjama. Den jungen Pizzaboten mit der Zahnspange konnte sie damit vielleicht noch aus der Fassung bringen, aber sonst niemanden hinter dem Ofen hervorlocken. Viel attraktiver sah Judy in ihrem alten pinkfarbenen Jogginganzug und den riesigen Leopardenhausschuhen auch nicht aus.

„Ich finde, wir sollten die Sache mit der Villa gleich morgen angehen", meinte Saskia, „schließlich sind wir in erster Linie Geschäftsfrauen und wären dumm, uns solch eine Gelegenheit entgehen zu lassen."

Judy deutete einen militärischen Gruß an.

„Yes, Ma´am. Immer zu Ihren Diensten!"

Saskia stand auf und zog ihre Freundin vom Sofa.

„Dann mal los und ab ins Bettchen, damit wir morgen wieder fit und schön sind."

5

In der Medizinischen Hochschule versuchten die Ärzte, das Leben der unbekannten Frau zu retten. Sie wurde ins künstliche Koma versetzt, mehr konnte man im Moment nicht für sie tun. Körperlich würde sie wieder gesund werden. Professor Dr. Meyer hoffte, dass es irgendjemand schaffen würde, auch ihre verletzte Seele zu retten. Obwohl er schon seit über dreißig Jahren praktizierte, war er immer noch von der Brutalität einiger Leute schockiert.

Nachdem er sich gewaschen und umgezogen hatte, setzte er sich an seinen Schreibtisch. Kurz darauf kam seine Sekretärin herein. Sie schloss die Tür hinter sich und übergab ihm eine Unterschriftenmappe.

„Da draußen sitzen zwei Herren von der Polizei, die möchten gerne mit Ihnen sprechen."

Er stand auf, um sie persönlich in Empfang zu nehmen.

„Ich bin Professor Doktor Meyer", stellte er sich den beiden vor und gab ihnen die Hand. „Was kann ich für Sie tun?"

„Polizeihauptkommissar Werner und das ist mein Kollege Kommissar Lussano. Wir sind vom LKA Niedersachsen."

„Bitte setzen Sie sich doch. Darf ich Ihnen etwas zu trinken anbieten? Vielleicht eine Tasse Kaffee?" Die Kommissare nahmen das Angebot gerne an und setzten sich auf die breiten Sessel, die an einem dunklen Holztisch standen. Der Professor telefonierte kurz mit seiner Sekretärin und nahm dann ihnen gegenüber Platz.

„Wie man uns mitteilte, sind Sie der behandelnde Arzt unserer Unbekannten. Können Sie uns schon etwas über ihren derzeitigen Zustand sagen?", begann Werner.

Professor Dr. Meyer stand noch einmal auf und suchte eine Krankenakte heraus. Dann zählte er die Verletzungen auf. Es klopfte an der Tür und eine hübsche junge Dame betrat das Zimmer. Sie stellte drei große Tassen mit heißem Kaffee und einen Teller mit Gebäck auf den Tisch.

„Guten Morgen, Michaela. Das ging aber fix", bedankte sich der Arzt bei ihr. Das Mädchen lächelte ihn freundlich an und verließ wieder den Raum. „Die Täter sind ziemlich brutal vorgegangen", wandte er sich wieder an seine Besucher.

„Täter?", hakte Werner nach.

„Eindeutig mehr als einer. Sie wurde mehrfach vergewaltigt. Kondome haben sie nicht benutzt, ich kann nur hoffen, dass sie wenigstens körperlich gesund waren. Es wurde ihr Blut abgenommen. Wir haben es sofort ins Labor geschickt. Nun müssen wir die Testergebnisse abwarten, bevor ich Genaueres darüber sagen kann. Nach der Vergewaltigung war sie anscheinend noch in der Lage, sich vom Tatort fortzubewegen. Das wurde mir zumindest so mitgeteilt."

Hauptkommissar Werner nickte zustimmend.

„Sie ist dann wahrscheinlich gestolpert und mit dem Hinterkopf auf einen Stein gefallen."

„Das erklärt zumindest die schwere Gehirnerschütterung. Am schlimmsten war aber eine der Stichverletzungen, die man ihr zugefügt hat. Gott sei Dank wurde sie schnell genug gefunden. Da haben wohl ein paar Schutzengel Schwerstarbeit geleistet. Was wir tun konnten, haben wir getan. Im Moment liegt sie auf der Intensivstation und befindet sich in einem künstlichen Koma, damit sie die Schmerzen und Todesängste nicht bewusst wahrnehmen muss. Ihr Zustand ist jetzt aber stabil. Wir konnten übrigens auch schon verwertbare DNA-Spuren sichern. Vielleicht haben wir ja Glück und Sie können die Täter schnell überführen."

„Das hoffen wir auch. Geben Sie uns bitte Bescheid, wenn Sie die junge Frau aus dem Koma zurückgeholt haben, wir müssen dringend mit ihr sprechen."

Werner und Lussano standen auf und wollten sich von dem Professor verabschieden.

„Warten Sie einen Moment, ich habe da noch etwas für Sie." Er nahm ein Foto aus einer Hülle und überreichte es dem Kommissar. „Man hat dem armen Ding etwas in den linken Oberschenkel geritzt. Erst dachte ich an eine Verletzung. Bei genauer Betrachtung erkennt man aber einen Buchstaben. Können Sie sich vorstellen, dass diese Verbrecher eine Nachricht für die Ewigkeit auf ihrer Haut hinterlassen wollten?" Ungläubig starrten die beiden Polizisten auf das Bild. Tiefe Schnitte in der Innenseite eines Schenkels ließen ein verzerrtes, aber deutliches „B" erkennen. Trotz ihrer Abgeklärtheit, die sie sich in den vielen Jahren aus reinem Selbstschutz zugelegt hatten, waren Werner und Lussano betroffen über das, was sie hier sahen.

Einige Tage später betrat Lussano das Büro seines Kollegen. „Morgen, Chef. Ich hab uns mal einen vernünftigen Kaffee mitgebracht, die schwarze Brühe hier kann ja kein Mensch trinken." Werner bedankte sich und nahm einen der beiden Becher entgegen. Lussano setzte sich zu ihm. „Übrigens habe ich vorhin mit Professor Dr. Meyer telefoniert. Er ist gerade dabei, die junge Frau aus dem Koma zurückzuholen. Sobald sie vernehmungsfähig ist, fahren wir zu ihr."

„Hoffen wir mal, dass sie schnell aufwacht, damit wir endlich weiterkommen."

„Hat sich schon was Neues im Fall ‚Bischofshol' ergeben?"

„Die Akte mit den vorläufigen Ergebnissen liegt mir hier vor. Trotz einer sofort eingeleiteten Fahndung verlief die Suche nach den Tätern erfolglos... Na ja, das weißt du ja bereits. DNA-Spuren wurden unter den Fingernägeln des Opfers und im Genitalbereich gesichert, müssen aber noch ausgewertet werden. Das dauert noch. Die Verletzung an ihrem Oberschenkel wurde ihr vermutlich mit einem Messer oder etwas Ähnlichem zugefügt." Kommissar Werner unterbrach sich selbst mit einem tiefen Seufzer und setzte seinen Bericht dann weiter fort. „Das in den Oberschenkel geritzte ‚B' lässt vermuten, dass es sich hierbei um eine Beziehungstat handelt... Mann, ist das zum Kotzen!" Er rieb sich müde seine Augen. Viel Schlaf hatte er in den letzten Tagen nicht gehabt. Dieser Fall machte ihm doch ganz schön zu schaffen. „Sobald wir wissen, wer sie ist, verhören wir alle aus ihrer unmittelbaren Umgebung. Vielleicht war es ja ein abgewiesener Ex-Freund, der sich an ihr rächen wollte. Die Spurensicherung fand übrigens ein paar Zigarettenstummel. Dass der Erdboden durch den anhaltenden Regen am Morgen vor der Tat noch aufgeweicht war, ist für uns ein Glücksfall. Es wurden diverse Schuhabdrücke gefunden. Einer davon ist zweifelsohne dem Opfer zuzuordnen, die beiden anderen vermutlich den mutmaßlichen Tätern. Vom Parkplatz Bischofshol aus schleiften sie die junge Frau bis zum späteren Tatort. Nach ihrer abscheulichen Tat sind sie zurück zum Parkplatz gerannt, dann verliert sich ihre Spur. Es ist davon auszugehen, dass sie dort in ein Auto gestiegen und wegfahren sind. Das muss doch einer gesehen haben."

„In den Zeitungen wurde bereits eine Personenbeschreibung des Opfers herausgegeben und nach Zeugen gesucht", unterbrach ihn Lussano. „Zahlreiche Reaktionen darauf sind bereits bei uns eingegangen, die müssen aber noch überprüft werden. Die üblichen Spinner wurden natürlich aussortiert."

Werner steckte sich eine Zigarette an und nahm einen tiefen Zug.

„Etwas ist allerdings sehr merkwürdig. Es gibt noch einen vierten Schuhabdruck. Der konnte bis zum Bismarckbahnhof zurückverfolgt werden. Aber auch da verliert sich die Spur. Vergewaltigt wurde sie von zwei Männern. Der dritte hielt sich scheinbar zurück oder filmte womöglich dieses grässliche Szenarium. Überprüf du doch mal die diversen sozialen Netzwerke. Facebook, YouTube… Na ja, du weißt schon."

„Wenn die Kerle tatsächlich einen Film ins Internet gestellt haben, würde uns das zumindest dabei helfen, sie schneller zu identifizieren. Für die Kleine wäre das natürlich schrecklich. Wir wissen ja, wie schnell sich so etwas verbreitet. Ich mach mich gleich an die Arbeit."

Seit einer Stunde saß Lussano nun schon an seinem Schreibtisch und googelte sich durch das Internet. Werner war gerade dabei, eine neue Ermittlungsakte anzulegen.

„Das darf doch wohl nicht wahr sein!", rief Lussano plötzlich aus. „Komm mal her und schau dir das an."

Werner unterbrach seine Arbeit, schob den Stuhl abrupt zurück und stellte sich hinter seinen Kollegen.

„Die Täter haben tatsächlich ein Video auf eine der Plattformen ins Internet gestellt. Es ist nicht zu fassen! 3.193 User haben den Film geteilt und nicht wenige haben „mag ich" angeklickt. Wie pervers ist das denn? Die sollte man auch gleich mit verhaften!"
Werner sah sich kopfschüttelnd den kurzen Film an.
„Gib das mal weiter an die Kollegen. Die sollen bitte ein paar Bilder für uns erstellen und herausfinden, wer diesen Schmutz ins Netz gestellt hat."
Es klopfte an der Tür. Ein junger Polizist kam herein und legte ein DIN-A4-Blatt auf den Tisch.
„Das ist der Bericht über die Anrufe im Fall ,Bischofshol'. Meine Güte, was sind da bloß für Idioten und Wichtigtuer unterwegs. Die stehen natürlich nicht auf der Liste. Einer fragte mich doch tatsächlich, ob er ein Foto vom Tatort mit dem Opfer sehen könnte, um das Mädchen dann eventuell identifizieren zu können. Als ich ihn freundlich bat, persönlich vorbeizukommen, legte er sofort auf. Seine Telefonnummer habe ich mir aber trotzdem notiert, man weiß ja nie."
„Gute Arbeit, Micha. Danke. Wir geben die Namen der Anrufer sofort ein, vielleicht ergibt sich ja was Neues."
Der Polizist drehte sich um und wollte gerade gehen, als ihm noch etwas einfiel.
„Hätte ich fast vergessen. Eine Frau Winkler hat sich bei uns gemeldet. Sie versucht seit Tagen, ihre Nichte telefonisch zu erreichen. Es geht aber immer nur die Mailbox ran. Sie ist schon außer sich vor Sorge, wie sie mir sagte."
„Okay, ich kümmere mich darum." Werner nahm ihm die Liste ab und wandte sich an Lussano. „Wie sieht's bei dir aus, kommst du voran?"

„Den Film habe ich bereits abgespeichert und den Link an die Kriminaltechnik weitergeleitet. Die werten jetzt die Daten aus und sollen dann das Video sperren lassen. Ich hoffe, wir finden heraus, wer den Film hochgeladen hat. Manchmal hasse ich meinen Job", seufzte Lussano. „Man erkennt nur ein paar Gestalten, die sich wie Tiere verhalten, während das arme Mädchen verzweifelt um ihr Leben kämpft. Am schlimmsten ist die akustische Übertragung. Übrigens haben wir jetzt einen Namen. Einer der beiden Kerle hat seinem Komplizen etwas zugerufen und nannte ihn Hakan."

6

Die junge Frau erwachte. Sie versuchte ihre Augen zu öffnen, konnte ihre Umgebung aber nur schemenhaft erkennen. Einzelne Wortfetzen aus einem Stimmengewirr drangen an ihr Ohr. Sie konnte allerdings nicht verstehen, worüber gesprochen wurde.

„Wo bin ich?", fragte sie, aber mehr als ein stimmloses Flüstern war nicht zu hören. Langsam wich der milchige Schleier vor ihren Augen und sie konnte die Umrisse des Gesichtes erkennen, das sich gerade über sie beugte.

„Da haben wir Sie ja endlich wieder. Wie geht es Ihnen? Können Sie mich hören? Blinzeln Sie mit den Augen, wenn Sie mich verstehen." Sie bemühte sich zu blinzeln. „Ich bin Professor Dr. Meyer, Ihr behandelnder Arzt. Sie wurden vor einer Woche mit starken Verletzungen in die Medizinische Hochschule Hannover eingeliefert." Er nahm vorsichtig ihre Hand und schloss sie in seine. „Ich würde Ihnen gerne ein paar Fragen stellen. Wenn Sie es können, drücken Sie einmal für Ja und zweimal für Nein, um mir zu antworten." Sie drückte einmal. „Das machen Sie ganz toll. Haben Sie Schmerzen?" Zweimal wurde seine Hand gedrückt. Die Schmerzmittel taten also ihre Wirkung. „Jetzt werde ich mir mal Ihre Augen ansehen, bitte erschrecken Sie sich nicht." Ihr rechtes Augenlid wurde nach oben geschoben und ein heller Lichtstrahl blendete sie. Das Gleiche wiederholte sich am linken Auge. „So, das war's auch schon."

Der Professor vollzog noch ein paar weitere Untersuchungen und schrieb anschließend etwas auf ein Krankenblatt. Er be-

merkte, dass sie etwas sagen wollte. „...passiert", konnte er nur undeutlich verstehen. Er setzte sich zu seiner Patientin und nahm erneut ihre Hand.
„Wir mussten Sie in ein künstliches Koma versetzen und haben Sie mit Medikamenten ruhig gestellt, damit Sie sich sozusagen im Schlaf schneller erholen können."
Der Arzt streichelte ihr malträtiertes Gesicht. Die Verfärbungen der Hämatome und Schwellungen verbargen ihre an sich zarten Züge. Sie versuchte sich aufzurichten.
„Nun mal langsam, haben Sie etwas Geduld. Sie sind doch gerade erst aufgewacht. Ein paar Tage werden wir Sie noch bei uns behalten müssen, aber bald sind Sie wieder vollständig gesund."
Die junge Frau schaute ihn hoffnungsvoll an. Er bemühte sich zu lächeln, ahnte jedoch, dass ihre körperlichen Wunden zwar verheilen würden, aber ihre Seele womöglich für immer einen Schaden davontragen würde.
„Wir kriegen Sie schon wieder hin", versprach er ihr trotzdem.
„Jetzt sollten Sie erst einmal ein bisschen schlafen."
Als er gerade gehen wollte, fiel ihm noch etwas ein.
„Können Sie mir sagen, wie Sie heißen?"
Er sah, wie sich ihre Stirn angestrengt runzelte. Nach einer Pause, die ihm ewig erschien, flüsterte sie: „Paula." Sie sah ihm in die Augen und wiederholte es, als wäre sie selbst darüber erstaunt. „Paula. Ich heiße Paula Winkler..."

7

„Ich hab hier was für dich."
Hauptkommissar Werner unterbrach sein Telefonat und beendete es sofort, als Lussano ihm ein paar Fotos zur Ansicht auf den Schreibtisch legte.
„Na, das nenn ich mal eine gute Nachricht", freute er sich.
„Das Foto wird sofort in allen Zeitungen und im Internet veröffentlicht. Es sollte doch mit dem Teufel zugehen, wenn wir diesen Galgenvogel nicht bald schnappen."
„Ich freu mich auch schon darauf, ihn so richtig in die Mangel nehmen zu dürfen."
Lussano griff nach dem Foto und wollte sich gerade auf den Weg zu seinem Computer machen.
„Warte mal", stoppte Werner ihn und nahm es ihm wieder aus der Hand. „Irgendwoher kenne ich diesen Typen", murmelte er und gab seinem Kollegen das Bild zurück. „Es fällt mir bestimmt wieder ein, wo mir diese Kanalratte schon mal über den Weg gelaufen ist... Sag mal, hast du eigentlich diese Frau Winkler angerufen?"
„Ihre Nichte konnte sie immer noch nicht erreichen. Das Handy ist scheinbar ausgestellt. Das ist wohl sehr ungewöhnlich. Allerdings war vor ihrem Verschwinden irgendetwas vorgefallen. Aber das müssen wir persönlich mit ihr klären. Sie hat inzwischen von dem Überfall in der Eilenriede erfahren und war sehr aufgeregt. Ich musste sie erst mal beruhigen und habe sie gebeten, heute Nachmittag mit ihrem Mann zu uns aufs Revier zu kommen."

Etwas später betrat Werner den Raum, in dem Herr und Frau Winkler saßen, und begrüßte sie freundlich.
„Mein Name ist Hauptkommissar Werner, ich bin der leitende Ermittler im Fall ‚Bischofshol'."
Frau Winkler sah ihn ängstlich an. Ihre Augen waren ganz rot vom Weinen.
„Diese Unbekannte aus der Eilenriede ist bestimmt nicht unsere Paula. Wir wollten ihr zum Geburtstag gratulieren, aber ihr Handy war ausgeschaltet. Wahrscheinlich hat sie es nur verloren. Sie wird verreist sein... Mein Gott, sie ist doch erwachsen und braucht uns keine Rechenschaft abzulegen."
Ihr Mann nahm sie beschützend in seine Arme.
„Beruhige dich, Schatz, es wird sich sicher alles aufklären." Er wandte sich dem Kommissar zu. „Wir haben ein paar Fotos von Paula mitgebracht. Allerdings trägt sie jetzt eine andere Frisur."
Auf den Aufnahmen sah man eine fröhliche junge Frau. Sie machte einen glücklichen Eindruck, hatte aber nichts mit dem Mädchen gemein, das schwer verletzt aufgefunden worden war. Trotzdem wusste Werner, dass sie es war. Ihm fiel es immer noch schwer, Angehörigen eine traurige Nachricht überbringen zu müssen.
„Wir haben vorhin einen Anruf aus der Medizinischen Hochschule erhalten." Frau Winkler riss angstvoll ihre Augen auf und klammerte sich an ihren Mann. „Die junge Frau ist heute Morgen erst aufgewacht. Ich muss Ihnen leider mitteilen, dass es sich bei der Verletzten um Ihre Nichte handelt", teilte Werner ihnen bedauernd mit.
Frau Winkler schrie auf und fing hemmungslos an zu weinen. Ihr Mann versuchte tapfer seine Tränen zu unterdrücken.

„Wer hat ihr das angetan? Haben Sie diese Verbrecher endlich verhaftet? Ich bringe diese Schweine um!"
„Ich verstehe Ihre Wut und Verzweiflung, aber mit solchen Gedanken sollte man nie spielen. Es würde Ihrer Nichte und auch Ihrer Frau nicht helfen. Wir haben übrigens schon brauchbare Anhaltspunkte, die uns zu den Tätern führen werden", beruhigte Werner den aufgebrachten Mann.
„Ich will sofort zu Paula", rief Frau Winkler energisch und sprang auf. „Sie braucht uns doch jetzt. Ich möchte sie sehen und in meine Arme nehmen", schluchzte sie dann verzweifelt.
„Das geht im Moment leider nicht. Es tut mir leid, aber Sie müssen sich noch etwas gedulden. Man hatte sie in ein künstliches Koma versetzen müssen und sie ist gerade erst wieder aufgewacht. Sobald der Arzt es erlaubt, benachrichtigen wir Sie sofort. Das verspreche ich Ihnen. Bitte setzen Sie sich wieder hin, es sind da noch ein paar Fragen zu klären."

Ein paar Tage nach dem Gespräch mit Herrn und Frau Winkler fuhren die beiden Kommissare zur Medizinischen Hochschule. Professor Dr. Meyer empfing sie wieder in seinem Büro. Nachdem sie sich begrüßt hatten, klärte er sie über Paulas Zustand auf.
„Bitte gehen Sie bei Ihrer Befragung behutsam vor, es ist nicht abzuschätzen, wie Frau Winkler darauf reagieren wird."
Werner versprach es ihm und die drei Männer gingen gemeinsam zu dem Krankenzimmer, in dem Paula lag. Werner und Lussano warteten erst einmal draußen auf dem Flur. Der Professor klopfte, öffnete die Tür und begab sich zu seiner Patientin.

„Guten Morgen, Frau Winkler. Na, wie fühlen Sie sich heute?"
„Ich habe Hunger. Gibt es hier keine Pizza?", antwortete sie ihm mit einer schwachen Stimme.
Der Arzt lachte leise.
„Das ist ja schon mal ein gutes Zeichen. Vielleicht sollten wir den Koch bestechen." Paula versuchte sich aufzusetzen. „Warten Sie, ich helfe Ihnen." Er drückte auf einen Knopf. Automatisch stellte sich das Kopfteil in eine bequeme Sitzposition. „Besser so? Sie können die Höhe selbst per Knopfdruck regulieren." Paula nickte dankbar.
Einen Moment lang zögerte er, dann gab er sich einen Ruck.
„Draußen warten zwei Herren von der Polizei, sie möchten Ihnen ein paar Fragen stellen. Wären Sie schon bereit dafür?" Paula sah ihn unsicher an, dann nickte sie. „Wenn es Ihnen zu schwer fallen sollte, brechen wir das Ganze sofort ab, okay?" Sie nickte wieder. Der Arzt ging nach draußen und bat die beiden Männer herein.
„Guten Morgen, Frau Winkler. Ich bin Hauptkommissar Werner und das ist mein Kollege Kommissar Lussano. Wir würden Ihnen gerne ein paar Fragen stellen, sind Sie damit einverstanden oder möchten Sie lieber mit einer Kollegin sprechen?"
„Das ist schon in Ordnung. Irgendwann muss ich sie ja sowieso beantworten, dann bringe ich es lieber gleich hinter mich", antwortete sie leise. Werner ließ es sich nicht anmerken, wie ihm bei ihrem Anblick zumute war, bewunderte sie aber für ihre Tapferkeit, sich dem Unausweichlichen stellen zu wollen. „Wir würden gerne von Ihnen wissen, was Sie am Tag der Tat unternommen haben. Auch das kleinste Detail ist wichtig für uns."

Sie dachte einen Moment nach und fing dann an zu erzählen.

Paula war am Nachmittag mit ihren Freundinnen in der Stadt verabredet gewesen. Sie wollten sich für den Abend vor ihrem Geburtstag etwas Besonderes zum Anziehen kaufen. Nach der Arbeit war sie alleine mit der U-Bahn bis zum Hauptbahnhof gefahren. Sie war schon spät dran und lief schnell zum Ausgang. Beim Hinausgehen wurde sie von der Sonne geblendet. Sie kramte in der Handtasche nach ihrer Sonnenbrille.
„Haste mal 'nen Euro?"
Irritiert sah sie hoch. Vor ihr stand ein Punker mit einem bunten Irokesenschnitt. Er hielt ihr einen Pappbecher hin.
„Meine Hunde brauchen was zum Fressen." Mit einer Kopfbewegung wies er auf die beiden kleinen Welpen, die friedlich auf einer Decke schliefen. Daneben saßen schwarz gekleidete Gestalten mit farbigen Stachelfrisuren. Einer von ihnen hatte eine Flasche Bier in der Hand und prostete ihr grinsend zu.
„Ich hoffe, ihr kümmert euch auch vernünftig um die Kleinen." Sie nahm ein Geldstück aus ihrem Portemonnaie und warf es in den Becher.
„Ehrensache! Dank dir, meine Schöne." Er deutete eine Verbeugung an und schlenderte lässig zurück zu seinen Kumpels. Paula setzte sich ihre Sonnenbrille auf und sah sich suchend um. Scheinbar hatte sich heute halb Hannover „unterm Schwanz" verabredet. Dann erkannte sie ihre Freundinnen, die schon ungeduldig winkten. Sie ging auf das Ernst-August-Denkmal zu und begrüßte ihre Mädels mit einem Küsschen auf die Wange.
„Hast du 'nen neuen Freund? Der hat ja 'ne tolle Frisur." Franky gluckste albern vor sich hin.

„Nu werd mal nicht neidisch." Paula hakte erst sie und dann Kassandra vergnügt unter. „So, nun aber los! Wir haben noch viel vor."
Die drei jungen Frauen schlenderten an den wartenden Taxen vorbei und gingen aufgeregt plappernd über den Zebrastreifen zur anderen Straßenseite und zur Ernst-August-Galerie, ein riesiges Einkaufszentrum mit über 150 Geschäften. Sie ließen sich mit der Menge in den Eingangsbereich treiben. Vor dem Schaufenster eines Modeladens blieben sie stehen und überlegten, wohin sie als Erstes gehen wollten. Paula stieß mit einem Male einen spitzen Schrei aus und schob ihre Freundinnen in das Geschäft.
„Ist die süüüß!", rief sie begeistert und nahm eine mit bunten Blumen gemusterte Bluse vom Ständer. Die Mädchen durchsuchten den Laden weiter nach passender Bekleidung. Mit ihrer Beute gingen sie anschließend zu dritt in eine der Umkleidekabinen. Paula behielt die Bluse gleich an. Kassandra entschied sich für eine bunte Tunika und Franky für eine Jeans mit Applikationen an der Gesäßtasche. An der Kasse bezahlten sie dann ihren Einkauf.
„So, ihr Lieben, bevor wir jetzt weitershoppen, muss ich dringend was essen, ich hab einen tierischen Hunger." Kassandras Magen knurrte zur Bestätigung. Sie gingen zu einem chinesischen Imbiss, bestellten sich jeweils eine Snackbox mit Bratnudeln und setzten sich damit an einen der Tische. Während des Essens sprachen sie über den heutigen Abend.
„Nun macht es doch nicht so spannend. Gehen wir weg oder habt ihr eine Überraschungsparty für mich organisiert?" Paula sah ihre Freundinnen gespannt an.

„Sei nicht so neugierig! Wart's doch einfach ab." Franky freute sich sichtlich über ihre Ungeduld.

„Ihr seid gemein! Jetzt esst wenigstens ein bisschen schneller, ich muss mir noch ein paar Schuhe kaufen."

„Hey, Cinderella, da kommen wir ja gerade richtig. Ich werde bestimmt den passenden Schuh für dein kleines, zartes Füßchen finden, wenn du mir gestattest, danach zu suchen."

Fast gleichzeitig drehten sich die drei Freundinnen um und sahen in das grinsende Gesicht eines gutaussehenden, jungen Mannes. Er war mindestens eins neunzig groß, trug ein Designer-T-Shirt über einer engen Jeans. Seine blonden Haare waren modisch gestylt und lange schwarze Wimpern umrahmten seine blauen Augen, die fast hypnotisch wirkten. Neben ihm stand ein dunkelhaariger Mann, der die drei jungen Frauen interessiert musterte, aber nichts sagte.

„Ich bin übrigens Manuel und dieser gutaussehende Mensch ist Falko", stellte der Blonde sich und seinen Freund vor.

Paula ließ sich nicht von ihm beeindrucken.

„Das haben wir ja nun geklärt. Nun setzt euch mal wieder auf eure Gäule und reitet dahin zurück, wo ihr hergekommen seid."

Franky wollte gerade etwas dazu sagen, schloss aber schnell wieder ihren Mund, als sie Paulas drohenden Gesichtsausdruck sah. Die jungen Frauen standen auf, nahmen ihre Taschen und wollten gehen.

„War doch nur Spaß. Nun sei doch nicht gleich so sauer." Manuel schaute Paula bittend an. „Wir würden euch gerne einladen. Habt ihr heute Abend schon was vor?"

„Ja, aber bestimmt nicht mit euch!", schnauzte Paula ihn an. Sie schob sich an ihm vorbei, ihre Freundinnen folgten ihr. Franky drehte sich noch einmal zu ihm um.
„War nett, euch kennenzulernen. Vielleicht klappt es ja ein anderes Mal."
Paula stieß ihr mit dem Ellenbogen in die Seite. Franky sah sie erschrocken an, ging dann aber mit ihr mit. Die beiden Typen blieben verdutzt zurück.
„Sag mal, spinnst du?", fauchte Paula sie wütend an.
„Wieso? Der ist doch süß. Warum warst du denn so bissig?"
„Auf so eine plumpe Anmache kann ich gern verzichten.
„Cinderella..., deine kleinen Füßchen", äffte Paula ihn nach.
Kassandra amüsierte sich königlich.
„Nun komm mal wieder runter. Ich fand das witzig. Jetzt hast du deinen Prinzen verscheucht."
„Ich suche mir den Frosch selber aus, den ich küssen möchte …Ist ja auch egal. Kommt, Mädels, jetzt konzentrieren wir uns wieder auf die wichtigen Dinge im Leben."
„Klamotten shoppen!", riefen alle drei gleichzeitig und lachten anschließend laut los.
Sie bummelten noch eine Weile weiter durch die Geschäfte, dann wurde es Zeit, nach Hause zu fahren. Sie gönnten sich ein Taxi und ließen sich zu ihrer Wohnung bringen.
„So, Mädels, jetzt brezeln wir uns richtig auf und dann geht's auch schon bald los." Kassandra stellte das Radio an und suchte nach einem Sender. „Best day of my life", klang es aus den Boxen.
„Mach lauter", rief Paula und kam tanzend ins Wohnzimmer. Franky folgte ihr und alle drei sangen lauthals mit.
Kassandra japste, als der Song vorbei war.

„Jetzt aber hopp, wir haben nicht mehr so viel Zeit." Sie stoben auseinander und liefen in ihre Zimmer.

Nachdem sie sich umgezogen und geschminkt hatten, holte Franky eine Flasche Prosecco aus dem Kühlschrank. Sie goss den Schaumwein in die Gläser, gab sie ihren Freundinnen und nahm sich selbst das dritte Glas.

„Auf einen richtig geilen Abend!" Sie stießen gemeinsam an.

Paula trat ungeduldig von einem Bein auf das andere.

„So, nun könnt ihr es mir doch endlich sagen..."

„Gleich geht's lohoos..., gleich geht's lohoos", grölten Kassandra und Franky im Chor.

„Ihr seid ja so blöhöd... Dann geh ich jetzt schnell noch mal aufs Töpfchen."

Eine weiße Stretchlimousine bog langsam um die Ecke und hielt direkt vor ihnen an.

„Das ist doch verrückt!"

Paula konnte kaum glauben, was sie da sah. Der Chauffeur stieg aus und öffnete eine der Türen. Aus dem Wagen erschienen fünf Köpfe und ein ohrenbetörendes Gekreische schallte durch die Straße. Paula fiel jeder Einzelnen ihrer Freundinnen glücklich um den Hals. Fenster wurden geöffnet. Auf den zunächst verärgerten Gesichtern der Nachbarn erschien ein kollektives Lächeln. Sie winkten ihnen begeistert zu, ihre Rufe gingen aber in dem lauten Treiben unter. Paula ließ sich von den vielen Händen in das Innere der Limo ziehen. Kleine weiße Neonlichter schlängelten sich am Boden und an der Decke entlang und spiegelten sich an der Rückwand des Regals wider, in der eine große Auswahl an Getränken und Gläsern

standen. Fetzige Discomusik, die von einem Monitor übertragen wurde, hämmerte aus den Boxen.
„Los geht's, meine Damen. Bedienen Sie sich, die Bar ist hiermit eröffnet."
Der Fahrer schloss die Tür und setzte sich ans Steuer. Hinter ihm im Wagen hörte man nur noch ein lautes Gackern und Geschnatter. Sektflaschen wurden geöffnet und die jungen Frauen ließen das prickelnde Nass in ihre Kehlen laufen. Nach einer Rundfahrt hielt die Limousine vor der Treppe des neuen Rathauses an. Draußen standen einige Besucher mit gezückten Kameras. Erwartungsvoll schauten sie auf die Mädchen, die sich nacheinander aus dem Wagen schälten. Die Leute fingen an Fotos zu schießen.
„Die denken bestimmt, wir sind berühmte Stars", flüsterte Paula einer ihrer Freundinnen zu.
„Wir sollten Autogramme verteilen", lachte Franky.
Ein Mitarbeiter vom Rathaus kam ihnen entgegen.
„Wenn Sie möchten, schließe ich die Tür noch einmal auf, dann können Sie drinnen ein paar Fotos machen."
Das ließen sie sich nicht zweimal sagen. Die jungen Frauen rannten sofort die Treppe nach oben und schlüpften durch die Tür, die nur für sie geöffnet wurde. Sie posierten auf den Stufen und der nette Mann hielt ihre glücklichen Gesichter auf den Fotos für die Ewigkeit fest. Als er beim Abschied die Tür wieder hinter ihnen verschloss, wurde er von allen umarmt und sie ließen ihn mit acht roten Kussmündern auf seinem überraschten Gesicht zurück.
An dem Abend wurden noch viele Fotos geschossen. Am Opernhaus stellten sie sich vor die Limousine und winkten fröhlich in die Kamera, dann war die Fahrt leider zu Ende. Der

Fahrer hielt vor dem BrauHouse an, öffnete ein letztes Mal die Tür und ließ seine quirligen Fahrgäste aussteigen, die sich überschwänglich bei ihm bedankten. Unter den neugierigen Blicken der Gäste betraten sie das Lokal und wurden gleich von einer Kellnerin empfangen. Sie führte sie zu einem der langen Holztische nahe der Tanzfläche, der extra für sie reserviert worden war. Die erste Runde mit einer hausgebrauten Bierspezialität stand schnell auf dem Tisch und viele weitere Runden sollten noch folgen. Der DJ startete mit Partyhits und die jungen Frauen hielt jetzt nichts mehr auf ihren Plätzen. Es wurde viel gelacht, getrunken, getanzt und geflirtet…

„Es war so schön! Es war der schönste Tag in meinem ganzen Leben…"
Paula sah zu Kommissar Werner hoch und schaute ihn verzweifelt an. Tränen liefen ihr über das entstellte Gesicht. Lussano unterbrach das Schreiben und blickte zu ihr. Während Paula erzählte, hatte er sich immer wieder Notizen gemacht. Werner räusperte sich, ihm fehlten einfach die Worte. Das war ihm schon lange nicht mehr passiert. Er atmete tief durch und setzte sich zu ihr aufs Bett.
„Es tut mir so leid. Ich hätte mir für Sie gewünscht, dass dieser Tag genauso glücklich zu Ende gegangen wäre, wie er begonnen hat."
Paula schnäuzte in ein Taschentuch und sah ihn ängstlich an.
„Wollen Sie noch etwas von mir wissen? Ich bin so müde."
Werner zögerte, bevor er seine Frage stellte.
„Gab es auch einen Moment, in dem Sie alleine waren?"
Paula schloss ihre Augen. Werner glaubte fast, sie wäre eingeschlafen. Dann öffnete sie sie aber wieder und erzählte weiter.

„Ich hatte ein bisschen zu viel getrunken, bin dann vor die Tür gegangen, um eine zu rauchen. Am Eingangsbereich war es mir zu voll, deshalb ging ich ein Stück in Richtung Parkhaus." Sie überlegte angestrengt.
„Dann kam auf einmal dieser Manuel, der Typ aus der Ernst-August-Galerie. Er sagte: ,Es ist kein Zufall, es muss Schicksal sein, dass wir uns heute wiedersehen.'"
„Ich würde Ihnen gerne ein Foto zeigen. Ist Ihnen dieser Mann bekannt?"
Die Kollegen hatten gute Arbeit geleistet. Aus dem Film, den Lussano im Internet gefunden hatte, war dieses Bild herauskopiert und so lange bearbeitet worden, bis man die Person darauf gut erkennen konnte.
„Das ist doch der andere aus dem Einkaufszentrum, Falko… Glauben Sie, er und Manuel haben mir das angetan?"
„Können Sie sich vielleicht daran erinnern, ob die beiden an der Tat beteiligt waren?"
„Ich weiß es nicht. Nein, ich kann mich an überhaupt nichts mehr erinnern."
Paula zitterte am ganzen Körper, hatte sich nicht mehr unter Kontrolle. Professor Dr. Meyer, der sich die ganze Zeit über nur im Hintergrund aufgehalten hatte, eilte schnell zu ihr hin.
„Das reicht, meine Herren. Ich muss Sie jetzt bitten, zu gehen."
Er ließ eine Krankenschwester kommen und veranlasste, dass sie Paula ein Beruhigungsmittel injizierte.
„Wenn Ihnen doch noch etwas einfallen sollte, rufen Sie mich bitte an."

Werner gab ihr seine Visitenkarte. Die beiden Kommissare verabschiedeten sich von ihr und dem Professor und verließen den Raum.

Vor dem Krankenhaus zündete sich Werner eine Zigarette an. „Sieht so aus, als hätten wir mindestens einen der potentiellen Täter. Falko aus dem Einkaufszentrum ist offenbar identisch mit Hakan, dem Vergewaltiger aus dem Film… Ich brauch jetzt erst mal 'ne Pause. Hast du Lust auf einen Kaffee?"

„Gute Idee. Ich weiß auch schon, wohin wir fahren."

Die beiden Männer saßen auf einem Steg in der Nähe vom Pier 51 und beobachteten eine Entenfamilie. Sie hatten sich die Schuhe ausgezogen, ihre Hosenbeine hochgekrempelt und ließen ihre Beine im Wasser baumeln. Lussano stützte sich auf seinen Armen ab.

„Ich fahre oft zum Maschsee, um mich zu entspannen. Hier verliert sich die Hektik des Tages, die Leute sind auch viel entspannter. Man hat das Gefühl, als würden sie ihr Alltagsleben ablegen und sich mit der Natur verbinden."

Eine Weile genossen sie die Stille um sich herum, keiner von ihnen sagte etwas. Ein filigran anmutender Solarkatamaran aus Edelstahl glitt fast geräuschlos über den See. Eine Gruppe Kinder winkte ihnen fröhlich zu. Werner hob einen Stein auf und warf ihn ins Wasser.

„Früher bin ich oft mit meinen Freunden zum Maschsee Strandbad geradelt, um dort die Mädchen zu ärgern. Wir haben herumgebalgt, wollten ihnen imponieren. Was waren wir für ein Haufen unbeholfener Trottel. Kannst du dir vorstellen, dass wir ein Wettrülpsen veranstaltet haben?"

„Ihr auch?"

Sie lachten bei der Erinnerung an die alten Zeiten. Werner schaute gedankenverloren in die Ferne.

„In meiner Klasse war ein Mädchen. Sie hieß Linda, hatte lange braune Locken. Sie trug die kürzesten Miniröcke der gesamten Schule. In die war ich sowas von verknallt, aber sie ignorierte mich einfach. Wenn ich mir heute die alten Fotos angucke, verstehe ich, warum. Mit meinen langen Zottelhaaren, einer Zahnspange im Mund und noch reichlich Babyspeck an meinen Hüften war ich auch nicht gerade der tollste Typ. Wegen ihr habe ich übrigens angefangen, Rugby zu spielen, und es hat mir sogar Spaß gemacht. Was meinst du, wie heiß die Mädels auf uns Rugbyspieler waren."

Er trank einen Schluck Kaffee.

„Mit der ein oder anderen hab ich mich dann später am NDR-Haus getroffen und sie zum Rudern eingeladen. Da konnte ich immer so schön mit meinen Muskeln angeben, die ich mir mittlerweile durch den Sport hart erarbeitet hatte. Wir haben wild herumgeknutscht, ein bisschen gefummelt... Es war alles so harmlos... Was ist heute nur mit der Jugend los? Die haben doch viel mehr Freizeit als wir damals und wissen nichts damit anzufangen. Lungern herum, saufen, kiffen, sitzen nächtelang am Computer und verrohen immer mehr. Wenn wir uns früher geprügelt haben, hörten wir rechtzeitig auf. Wir hielten uns an das ungeschriebene Gesetz, dass man aufhört, sobald einer am Boden liegt. Heute wird aus purer Langeweile oder aufgestautem Frust mit einer unglaublichen Brutalität auf Schwache eingetreten. Viele tragen Messer bei sich und sind sogar bereit, sie zu benutzen. Wie konnte es nur so weit kommen?" Werner schaute Lussano fragend an.

„Gott sei Dank handelt es sich hierbei nur um eine Minderheit. Durch unseren Beruf haben wir leider zu oft mit jungen Intensivtätern zu tun, deshalb verschiebt sich das Gesamtbild für uns. Eigentlich sind die meisten Jugendlichen auch nicht anders, als wir früher waren. Ich war übrigens auch kein Unschuldslamm. Mit sechzehn bin ich mit ein paar Freunden laut grölend an einer Polizeistation vorbeigegangen. Wir waren total besoffen und ich habe an den Reifen eines der Polizeiautos gepinkelt. Mir war nicht bewusst, dass die späteren Kollegen durch den Krach auf uns aufmerksam geworden waren und uns die ganze Zeit vom Fenster aus beobachtet hatten."
Werner lachte laut auf.
„Als dann drei Polizisten herauskamen, um mich in Gewahrsam zu nehmen, war mir alles andere als zum Lachen zumute. Meine Freunde sind einfach abgehauen und ich verbrachte eine Nacht in einer Ausnüchterungszelle, weil meine Eltern sich weigerten, mich abzuholen. Eine saftige Ohrfeige von meinem Vater und eine Woche Stubenarrest gab's noch oben drauf. Hat geholfen, ich wollte nie wieder etwas mit der Polizei zu tun haben. Viel schlimmer als die Strafen meiner Eltern waren die Gitterstäbe in der engen Zelle, die mich von der Außenwelt abgeschottet hatten."
„Genau das ist der Punkt. Kindern und Jugendlichen müssen Grenzen gesetzt werden, sie testen sie sonst immer weiter aus. Respekt gegenüber jedem Menschen, egal welcher Nationalität, und gegenüber jedem Lebewesen jeder Art muss ihnen zu Hause und in der Schule beigebracht werden. Besonders der humane Umgang mit den Alten und Schwachen sollte höchste Priorität haben, dann würde es auf unserer Welt viel friedli-

cher zugehen... Übrigens hast du dein Vorhaben gebrochen und nun mehr als genug mit der Polizei zu tun."
„Tja, so ist das im Leben. Jetzt bin ich einer von den Guten... Was ist eigentlich aus dieser Linda geworden?"
Werner grinste verschmitzt.
„Vor einiger Zeit hatten wir ein Klassentreffen. Nach fünfundzwanzig Jahren sah ich sie wieder, hab sie erst gar nicht erkannt. Verheiratet, zwei Kinder und dreißig Kilo mehr auf den Hüften."
Er machte eine kurze Pause und schaute Lussano nachdenklich an.
„Danke, Marco, dafür, dass du mich hierher gebracht hast. Bist ein super Kollege und Freund..."
„Du willst mir jetzt aber keinen Antrag machen?"
„Wenn ich nicht schon vergeben wäre... Ach, du weißt schon, was ich meine."
Lussano klopfte ihm auf die Schulter.
„Schon in Ordnung, bist sowieso nicht mein Typ."
„Da liegt dieses zarte Wesen brutal vergewaltigt und misshandelt im Krankenhaus. Herausgerissen aus einem Leben voller Freude und Erwartungen. Niemand war da, um sie vor dem, was man ihr angetan hat, zu beschützen. Ich möchte, dass diese Verbrecher für immer weggesperrt werden."
Lussano stand auf.
„Dann lass uns gleich ins Büro fahren und alles dafür tun, dass diejenigen, die sie so zugerichtet haben, schnellstens hinter Schloss und Riegel wandern."

8

In Anwesenheit ihres Mannes versuchte sich Maren so normal wie nur möglich zu verhalten. Sie war froh, als er wieder nach Hamburg fuhr. Ihr war es jetzt auch egal, ob er sich auf seinen sogenannten Geschäftsreisen mit anderen Frauen treffen würde. Sie wollte jetzt weiter den Weg gehen, den sie eingeschlagen hatte. Alles musste jetzt Zug um Zug weitergehen. Wenn Konrad irgendetwas erfahren würde, würde ihr Kartenhaus jämmerlich zusammenfallen. Die Eigentumswohnung wurde inzwischen verkauft, in zwei Wochen war der Termin beim Notar. Judy und Saskia hatten wirklich gute Arbeit geleistet, etwas anderes hatte sie auch nicht von ihnen erwartet. Der Verkauf der Villa gestaltete sich etwas schwieriger. Jetzt ging erst einmal das Feilschen los, aber für die ersten Verhandlungen war sie ja nicht zuständig. Das war auch nicht so ihr Ding. Sie hoffte, bald ein paar Preisvorschläge vorgelegt zu bekommen, um sich dann zeitnah entscheiden zu können. Es mangelte nicht an seriösen Interessenten, einige Hausbesichtigungen wurden mittlerweile schon durchgeführt. Natürlich musste Maren immer dafür sorgen, dass Konrad nicht überraschend auftauchte. Bisher hatte alles wunderbar geklappt. Auch dieses Mal durfte sie nicht vergessen, den beiden Immobilienmaklerinnen rechtzeitig Bescheid zu geben. Es wäre katastrophal, wenn sie in der Zeit ihrer Abwesenheit eine Besichtigung vornahmen und Konrad begegnen würden, aber das konnte man auch telefonisch regeln. Wenn es dann endlich zum Abschluss käme, würde ihr das eine Menge Geld einbringen. Darum ging es ihr aber nicht wirklich. Konrad liebte das Haus, deshalb wollte Maren es ihm einfach wegnehmen, so wie er ihr alles genommen hatte.

In den letzten Jahren hatte Maren eine ansehnliche Summe beiseiteschaffen können. Konrad wusste nichts davon. Bei einer Schweizer Bank besaß sie ein Schließfach, in dem sie ihr Geld deponierte. Das half ihr jetzt bei ihren weiteren Plänen. Sie wollte sich nun endgültig von Konrad trennen, sie konnte nicht mehr mit ihm gemeinsam unter einem Dach weiterleben. Maren hatte sich bereits mit einem Anwalt getroffen, der nun alles für sie in die Wege leiten würde. Sie hatte beschlossen, nach Teneriffa zu fliegen. Dort wollte sie sich mit einem Makler treffen. Ihr lagen schon ein paar interessante Angebote von ihm vor. Sie liebäugelte mit einer kleinen Finca direkt am Strand und mit einem atemberaubenden Blick aufs Meer. Das Exposé hörte sich vielversprechend an. Als sie allerdings das erste Mal den Preis gehört hatte, hätte sie sich vor Schreck beinahe verschluckt. Verhandlungsspielraum würde aber bestimmt noch drin sein. Auch Konrad liebte diese Insel und sie hatten früher davon geträumt, gemeinsam ihren Lebensabend dort zu verbringen. *Träum ruhig weiter, du verdammter Mistkerl! Du wirst dir noch wünschen, mir nie begegnet zu sein!* Maren setzte sich an ihren Schreibtisch und schaltete den Laptop an. Bald fand sie einen passenden Flug und ein exklusives Hotel, das ihren Ansprüchen genügte. Sie buchte sofort und druckte die Bestätigung gleich aus. Konrad erzählte sie später, dass sie für ein paar Tage nach München, auf eine Schönheitsfarm fahren würde. Sie merkte ihm an, wie egal es ihm war, wohin sie fuhr.

Endlich war es soweit. Sie hatte am Abend vorher in aller Ruhe ihren Koffer gepackt und fuhr jetzt mit einem Taxi zum Flughafen nach Langenhagen. Maren reihte sich in die Schlange der anderen Fluggäste ein und wartete mit ihnen auf den Bus. Es dauerte noch eine Weile, bis alle eingestiegen waren, dann fuhren sie zum Flugzeug. Dort angekommen, stieg Maren die Stufen der schmalen Treppe hoch und ging an Bord. Eine Stewardess führte sie zu ihrem Platz und half ihr dabei, das Handgepäck in einem der Fächer zu verstauen. Maren schloss müde ihre Augen und lehnte sich erschöpft in dem breiten Sitz der Business Class zurück. Ihre Gedanken wanderten zurück zu dem Tag, an dem sie Konrad das erste Mal begegnet war.

Sie hatte damals mit ihren Eltern in einer Mietwohnung in der Sallstraße gewohnt. In den Osterferien zogen drei junge Männer eine Etage über ihnen ein. Seitdem war es auch mit der Ruhe im Haus vorbei. An einem Wochenende war von oben mal wieder laut Rockmusik zu hören. Ihre Mutter sprang auf und klopfte mit dem Besenstiel gegen die Decke. Viel Erfolg hatte sie allerdings nicht damit. Irgendwann nervten auch Maren die dumpfen Bässe und sie ging nach oben, um dem Ganzen ein Ende zu setzen. Zunächst reagierte niemand auf ihr Klingeln. War ja klar, die Musik war zu laut. Wütend bollerte sie mit der Faust gegen die Wohnungstür. Als sie sie erneut erhob, um dagegen zu schlagen, öffnete sich plötzlich die Tür und sie hätte dem jungen Mann fast ein Knock-out verpasst. Er konnte gerade noch rechtzeitig ihren Arm abfangen und zog sie sofort mit sich in die Wohnung.

„Wen haben wir denn da?", fragte er und musterte sie neugierig von oben bis unten. „Bist du immer so temperamentvoll?"
Maren wäre am liebsten im Erdboden versunken.
„Also wenn du schon mal drin bist, kannst du auch gleich ganz reinkommen. Ich habe heute Geburtstag und lade dich hiermit herzlich ein."
Er verbeugte sich vor ihr wie vor einer Prinzessin und sie folgte ihm wie ein zahmes Lämmchen…
Maren hatte sich Hals über Kopf in diesen verrückten Kerl verliebt. Konrad und sie trafen sich nun jeden Tag. Nicht eine einzige Minute wollten sie ohne den anderen verbringen. Sie konnten ihre Finger nicht voneinander lassen. An manchen Tagen schliefen sie mehr als einmal miteinander. Ihre Eltern mochten ihn und machten keine Probleme, wenn er auch mal über Nacht bei ihr blieb.
Nachdem Konrad seine Ausbildung zum Betriebswirt abgeschlossen hatte, mietete er einen kleinen Laden, in dem sie gemeinsam angesagte Sportbekleidung verkauften. Über ihrem Geschäft wurde bald darauf eine Wohnung frei und sie griffen sofort zu. Konrad und Maren waren jetzt Tag und Nacht zusammen und sie glaubten, dass ihre Liebe niemals enden würde. Obwohl ihre Eltern und Freunde skeptisch ihre Selbstständigkeit beobachteten, waren sie selbst von einem zukünftigen Erfolg überzeugt. Wie gut es dann später wirklich lief, konnte sich damals keiner vorstellen. Schon ein Jahr darauf wurde die erste Filiale in Hildesheim eröffnet, zwei weitere kamen dazu. Ein Freund von Konrad stieg als Geschäftspartner mit ein. Sie befanden sich auf der Überholspur, ihr Privatleben blieb dabei auf der Strecke.

Dann wurde Maren das erste Mal schwanger. Für Konrad war es selbstverständlich, dass sie abtreiben würde. Es passt gerade nicht, meinte er. Ihr zerriss es fast das Herz und sie wusste, dass sie einen großen Fehler begangen hatte.

Maren führte weiterhin die Geschäfte, saß oft bis Mitternacht im Büro und Konrad war nur noch unterwegs, um Ware einzukaufen. Sie verbrachten kaum mehr Zeit miteinander und Maren hatte Angst, ihn zu verlieren. Die Eröffnung ihres ersten Fitnesscenters stand bevor, als sie zum zweiten Male schwanger wurde. Durch den ganzen Stress verlor sie im dritten Monat auch dieses Kind. Sie litt wie ein Tier. Konrad schien erleichtert zu sein, statt sie zu trösten, meinte sogar, dass es wohl besser so sei.

Während eines Kurzurlaubs auf Teneriffa machte er ihr überraschend einen Heiratsantrag. Sie war überglücklich und war sich sicher, dass jetzt alles wieder gut werden würde. Schon ein paar Wochen später heirateten sie. Nach der Trauung nahm er sie zärtlich in seine Arme und versprach ihr, in der Hochzeitsnacht mit der Familienplanung zu beginnen. Er war dann aber zu betrunken, um es in die Tat umzusetzen. Trotzdem glaubte Maren, dass auch er endlich bereit dazu war, Vater zu werden. Er fing sogar an, Pläne zu schmieden, fand einen Namen für seinen Sohn und wollte sich nicht entscheiden, wie seine Tochter heißen sollte. Maren konnte ihr Glück kaum fassen.

Als sie an ihre letzte Schwangerschaft dachte, kamen ihr fast die Tränen. Sie war im fünften Monat schwanger gewesen, als Konrad und sie einen fürchterlichen Streit gehabt hatten. Seit einigen Wochen stimmte etwas nicht mit ihm. Er war kaum noch bei ihr, weder körperlich noch psychisch. In der bewuss-

ten Nacht wachte sie auf, weil er sich mal wieder in ihr gemeinsames Schlafzimmer geschlichen hatte. Maren machte das Licht an und fragte ihn wütend, ob er gerade aus dem warmen Bett irgendeiner Schlampe gekrochen sei. Ein Wort gab das andere. Sie wurden dabei so laut, dass die Nachbarn schließlich energisch gegen die Wand klopften. Auf einmal fühlte Maren, wie etwas aus ihrem Schoß lief. Sie hob die Bettdecke hoch, alles war voller Blut. Sie schrie ihren unendlichen Schmerz laut heraus und hörte erst auf zu schreien, als der Notarzt ihr eine Beruhigungsspritze gab...
Konrad gab ihr später die Schuld dafür, dass sie keine Kinder mehr bekommen durfte. Er wandte sich von ihr ab, bestand aber darauf, nach außen hin den Schein zu wahren. Maren suchte Trost im Alkohol.

Die Maschine setzte zur Landung an. Maren nahm sich vor, endlich einen Strich unter die Vergangenheit zu ziehen. Sie wollte jetzt nur noch an ihre eigene Zukunft denken. Für die nächsten Tage waren Besichtigungen diverser Immobilien vorgesehen. Auf Wellness wollte sie natürlich auch nicht verzichten. Als sie aus dem Flugzeug stieg, atmete sie die milde Luft des kanarischen Klimas tief ein. Erwarten würde sie heute niemand. Das war auch gut so.
Maren genoss die Zeit auf Teneriffa. Ein paar Tage wollte sie noch auf dieser herrlichen Insel verbringen, bis alles unter Dach und Fach war. Sie hatte sich inzwischen mehrere Objekte angesehen und dann doch für die Finca am Strand entschieden. Es war halt Liebe auf den ersten Blick gewesen. Mit dem Verkauf der Villa konnte es jetzt auch endlich weitergehen. Maren rief Judy an und teilte ihr mit, dass Konrad sich für eine

Woche in Köln aufhalten würde. Außerdem sollte sie den Kaufpreis heruntersetzen. Maren stellte sich Konrads Gesicht vor, wenn er bemerken würde, dass nicht nur seine Frau, seine Villa und die Wohnung weg waren, sondern auch das Schwarzgeld aus dem Safe und das im Schließfach fehlten. *Schade, dass ich nicht bei dem Finale dabei sein werde.* Entspannt lag sie im Liegestuhl und nuckelte an einem Strohhalm. Ein großer Hut schützte ihren Teint vor zu viel Sonne. Sie lächelte den gutaussehenden Mann an, der gerade flirtend an ihr vorbeischlenderte. Maren grinste zufrieden und griff erneut nach ihrem Cocktailglas. Sie ahnte nicht, dass ihre bis ins kleinste Detail durchdachten Pläne bald unerwartet durchkreuzt werden würden und dass Konrad statt nach Köln zu fahren, ihre Abwesenheit dazu nutzte, um sich mit einer seiner Geliebten in ihrem Haus zu vergnügen. Sie wusste auch nichts über Paulas derzeitigen Zustand. Das Schicksal nahm unaufhaltsam seinen Lauf.

9

Inzwischen hatte Maren „freie Fahrt" signalisiert. Konrad war für eine Woche weggefahren. Da Judy einen Termin beim Steuerberater wahrnehmen musste, verabredete sich Saskia mit den ersten Interessenten.
Sie stieg gerade aus ihrem Wagen, als ein dunkelgrüner Golf auf der anderen Straßenseite in eine freie Parkbucht fuhr. Der Fahrer sprang aus dem Auto, um seiner hübschen Begleiterin galant die Beifahrertür zu öffnen. Die modisch gekleidete Frau winkte ihr enthusiastisch zu.
„Das ist genau so, wie ich es mir vorgestellt habe", rief sie begeistert aus, als sie sich begrüßten.
„Warten Sie es erst einmal ab, bis Sie das Prachtstück von innen gesehen haben", lachte Saskia und schloss die Eingangstür auf. „Voilà, Sie dürfen jetzt Ihr Traumhaus betreten."
Sie führte das junge Paar durch die unteren Räume. Die beiden fingen sofort an, über die Aufteilung der Zimmer und die zukünftige Farbe der Tapeten zu diskutieren. Eins der Zimmer in der oberen Etage sahen sie in ihrer Fantasie schon komplett eingerichtet. Sie schauten sich verliebt an.
„Das wird das Kinderzimmer", sagte die junge Frau strahlend.
„Wir bekommen ein Baby", erklärte der zukünftige Vater stolz.
„Oh wirklich? Man sieht ja noch gar nichts", antwortete Saskia überrascht.
Die junge Frau strich behutsam über eine kleine Wölbung an ihrem Bauch.
„In ein paar Wochen wird man es nicht mehr übersehen können. Das Haus ist perfekt für uns und bietet genügend Platz für

ein halbes Dutzend Kinder", lachte sie und küsste ihrem Mann zärtlich auf den Mund.

Saskia hatte schon Dollarzeichen in den Augen. Ihr Bauchgefühl ließ sie auf einen baldigen Abschluss hoffen. Sie öffnete die letzte Tür ihres Rundganges.

„Bevor Sie gleich den wunderschönen Garten zu sehen bekommen, zeige ich Ihnen jetzt noch das Schlafzimmer..."

Erstarrt blieb sie stehen. Zwei Augenpaare schauten sie entgeistert an.

„Guten Morgen, Konrad", kam es Saskia mechanisch von den Lippen.

„Guten Morgen, Saskia", antwortete er höflich. „Was machst du denn hier?"

„Ach, ihr kennt euch?", fragte die Frau, die auf Konrads Schoß saß. Saskias Gesichtsausdruck war sicher nicht dämlicher als der des Paares, welches in einer komischen Verzweiflung versuchte, aus ihrer eindeutigen Position herauszukommen.

„Wir werden dann jetzt besser gehen", stammelte Saskia verlegen und zog die Tür hinter sich zu. Sie entschuldigte sich bei den potentiellen Käufern, denen die Situation genauso unangenehm war wie ihr. Vor der Haustür verabschiedeten sie sich hastig voneinander. Das junge Paar lief eilig zu ihrem Fahrzeug und auch Saskia sah zu, so schnell wie möglich von hier zu verschwinden.

„Gott, war das peinlich!", rief Saskia später und schlug ihre Hände vors Gesicht.

Judy konnte sich vor Lachen kaum mehr einkriegen.

„Ihr betreibt höfliche Konversation, während sie auf seinem Schwanz reitet... Oh, ich kann nicht mehr... Das hättest du doch mit deinem Smartphone filmen können..., hi, hi, hi,..., ich hätte das so gerne gesehen."

Saskia war überhaupt nicht zum Lachen zumute. Maren würde ausflippen! Mit dieser Aktion hatte sie jedenfalls ihr Vertrauen aufs Spiel gesetzt. In ganz Hannover würden sie nie wieder einen Fuß vor den anderen setzen können.

„Um die Provision ist es echt schade. Jetzt können wir leider nicht vorzeitig in Rente gehen." Judy versuchte immer noch krampfhaft ihren Lachanfall zu unterdrücken. „Aber du glaubst doch nicht im Ernst daran, dass die Schuhmachers diese pikante Angelegenheit publik machen werden", meinte sie, nachdem Saskia ihr von ihren Befürchtungen erzählt hatte. „Außerdem hatte Maren doch das Haus zur Besichtigung freigegeben. Den Schuh brauchen wir uns nicht anzuziehen, dass sollen die beiden mal schön unter sich ausmachen. Das eigentliche Problem hat jetzt Konrad und nicht wir."

Am nächsten Tag standen Judy und Saskia früh auf und joggten wie an jedem Morgen um die Alte Bult. Nicht nur das Laufen trieb ihnen den Adrenalinspiegel in die Höhe. Sie hatten neue Angebote im Internet inseriert und konnten sich schon bald über eine große Resonanz freuen. Gute Immobilien waren wegen der schlechten Wirtschaftslage fast ein Selbstläufer. Obwohl die Preise übertrieben hoch angestiegen waren, investierten die Leute ihr Vermögen lieber in vermeintlich sichere Wohnanlagen. Heute hatten sie die ersten fünf Besichtigungstermine, die sie getrennt wahrnehmen würden.

Sie waren gerade auf dem Weg zurück in Richtung Heimat, als hinter ihnen eine männliche Stimme Judys Namen rief. Judy und Saskia stoppten fast gleichzeitig und drehten sich erstaunt um. Ein großer brauner Labrador lief ihnen schwanzwedelnd entgegen.

„Mensch, Claus, wir haben uns ja seit einer Ewigkeit nicht mehr gesehen", begrüßte Judy einen gutaussehenden Mann.

„Also, du weißt doch, wo du mich finden kannst. Kein Bock mehr auf Training?"

„Keine Zeit. Das ist übrigens Claus", stellte Judy ihn Saskia vor. „Er hat mich in einem anderen Leben schon viele Male auf die Matte gelegt."

„Ach, das ist ja interessant. Warum hast du ihn mir bisher vorenthalten?", fragte die mit gespielter Entrüstung.

„Nicht, was du jetzt denkst", grinste Judy. „Claus war mein Trainer in einer Kampfsportschule und hat mich vor gefühlten hundert Jahren in die Selbstverteidigung eingeführt."

„Eingeführt ist gut…", kicherte Saskia.

„Jetzt reiß dich mal zusammen, du böses Mädchen", konterte Judy lachend.

Claus grinste von einem Ohr bis zum anderen.

„Was nicht ist, kann ja noch kommen…"

„Gleich lass ich euch beide hier stehen. Ich bin eine anständige Frau!"

Judy drehte sich spaßeshalber um. Lachend hielt Claus sie am Arm fest.

„Hey, nicht so schnell. Wäre doch schaaa…"

Ehe er sich versah, hatte sie ihn mit einer flinken Drehung auf den Boden befördert.

„Wow!", rief Saskia anerkennend aus. „Das war ja sensationell, das will ich auch können."
Völlig verdutzt stand Claus wieder auf. Er klopfte sich die Erde von seiner Kleidung und beruhigte seinen Hund, der sein Herrchen aufgeregt verteidigen wollte.
„Wenn du mich nächstes Mal flachlegen willst, dann bitte auf einem weicheren Untergrund."
„Oh Mann, …tut mir echt leid. Hoffentlich habe ich dich nicht verletzt", entschuldigte sich Judy erschrocken.
Claus tat so, als müsse er humpeln.
„Das kostet dich mindestens ein Essen beim Italiener, mit allem Drum und Dran. Außerdem fordere ich eine Revanche. Wir sehen uns nächste Woche in der Kampfsportakademie."
„Ich komme auf jeden Fall mit", rief Saskia. „So was kann man immer mal gebrauchen." Judy willigte kleinlaut ein.
Nachdem sich Claus von ihnen verabschiedet hatte, sah Saskia ihre Freundin irritiert an.
„Sag mal, was war DAS denn eben? Das ging mir jetzt aber alles ein bisschen zu schnell."
„Mit DEM habe ich auch wirklich nicht gerechnet, hab ihn seit Jahren nicht mehr gesehen."
Judy wirkte etwas durcheinander.
„Warst du mal mit ihm zusammen?", wollte Saskia von ihr wissen.
„Nein! Wie kommst du denn darauf? Er hat damals mit mir trainiert und das war's auch schon. Nix Romantisches…, und nun lass uns endlich weiterjoggen, wir haben heute noch eine Menge zu tun."
Sie fing an zu laufen und Saskia schloss sich ihr an. Sie sagte zwar nichts mehr dazu, dachte sich aber ihren Teil.

10

Paula ging es mittlerweile etwas besser. Von Professor Dr. Meyer erfuhr sie, dass ihre Rippen gebrochen waren und sie eine schwere Gehirnerschütterung gehabt hatte. Auf ihrem linken Oberschenkel klebte ein großes Pflaster. Sie hatte wohl auch viel But verloren, weigerte sich aber, über die ihr zugefügten Verletzungen weiter nachzudenken. Ihre Tante und ihr Onkel besuchten sie, sooft sie konnten. Jedes Mal brachten sie ihr kleine Geschenke, Obst oder Blumen mit. Am Anfang waren sie entsetzt über ihren Zustand, bemühten sich dennoch, es zu verbergen. Auch ihre Freundinnen kamen und versuchten sie und sich selbst mit unverfänglichen Themen von ihrem Anblick und von dem, was geschehen war, abzulenken. Alle vermieden es, über die bewusste Nacht zu sprechen. Eine Therapeutin kam jetzt täglich vorbei und führte einfühlsame Gespräche mit ihr. Sie begann vorsichtig ihre Erinnerungen zu aktivieren, konnte die Blockaden aber nicht durchbrechen. Paula hatte Angst vor der Wahrheit. Sie wollte, dass man sie in Ruhe ließ.

Warum musste ausgerechnet mir so etwas Schreckliches passieren? Sie setzte sich auf, nahm sich eine der Zeitschriften aus dem kleinen Schränkchen neben ihrem Bett und blätterte in dem Hochglanzmagazin. Sie versuchte sich auf den Inhalt eines Artikels über die Alkoholexzesse eines bekannten Models zu konzentrieren. Doch immer wieder schweiften ihre Gedanken zurück zu dem Abend des schrecklichen Überfalls, der ihre Freude am Leben womöglich für immer zerstört hatte. *Vielleicht war's ja meine eigene Schuld!* Sie hatte einen ihrer Push-up-BHs getragen, der ihre kleinen Brüste besser zur Gel-

tung brachte und Franky meinte, sie sollte die unteren Knöpfe ihrer neuen Bluse auflassen, damit man ihr Bauchnabelpiercing besser sehen konnte. *So was Blödes!* Bestimmt war ihr Outfit zu freizügig, ihre Kleidung zu sexy gewesen. Hatte sie die Aufmerksamkeit dadurch auf sich gezogen? Sie klappte wütend die Zeitschrift zu, knallte sie auf die Tischplatte und zog sich die Bettdecke über ihr Gesicht.
Paula hatte sich so sehr darauf gefreut, gemeinsam mit ihren besten Freundinnen in ihren Geburtstag hineinzufeiern. Kassandra und Franky hatten sie überraschen wollen, nichts von ihren Plänen verraten… Wie unbeschwert sie damals waren. *Damals…, noch nicht einmal vier Wochen ist das her.* Sie schüttelte ungläubig ihren Kopf. Damals… Das war in einer anderen Zeit gewesen. Einer Zeit voller Hoffnung auf eine glückliche Zukunft. Pläne schmieden. Von der großen Liebe träumen. In den Tag hineinleben, Abenteuer erleben. Die Zuversicht der Jugend, dass man im Leben alles erreichen kann und der Glaube daran, unverwundbar zu sein…
Wieso gerade ich? Warum sind wir nicht zu Hause geblieben? Wäre ich doch nur nicht alleine nach draußen gegangen! Warum hab ich mich bloß auf diesen Typen eingelassen? WARUM HABT IHR MIR DAS ANGETAN? Weinend fiel sie zurück auf ihr Kissen und schlief schließlich erschöpft ein…
Wie ein gejagtes Tier hetzte sie durch den Wald. Sie stolperte und fiel hin, stand aber schnell wieder auf und rannte weiter um ihr Leben. Sie konnte sie förmlich spüren, drehte sich immer wieder voller Angst um, sah aber niemanden. *Warum hilft mir denn keiner?* Sie schrie, so laut sie konnte, es kam aber kein Ton über ihre Lippen…

Paula stöhnte ihm Schlaf. Sie wälzte sich in ihrem Bett von einer Seite auf die andere. Schweißperlen sammelten sich auf ihrer Stirn. *Verschwindet endlich, hört auf, mich zu quälen!* Sie wollte von ihrer Mutter träumen, konnte sie aber in der Dunkelheit nicht finden. Ihre Augen waren blind vor Tränen. Zweige schlugen ihr beim Laufen ins Gesicht.
„Eins, zwei, drei, vier Eckstein. Alles muss versteckt sein..."
Paulas Verfolger waren ihr dicht auf den Fersen. Sie kamen jetzt ganz nahe an sie heran, fast konnte sie deren fauligen Atem riechen. Sie ließ sich in ein trockenes Bachbett fallen. Das Herz klopfte ihr bis zum Hals.
„Ich rieche, rieche Mädchenfleisch", feixte die Stimme über ihr. Knochige Finger berührten ihren Nacken und ließen sie vor Entsetzen aufschreien, als sie nach ihr griffen, um sie für immer in die Tiefe zu ziehen...
Schweißgebadet erwachte Paula aus ihrem Albtraum, sie zitterte am ganzen Körper. Ihre Bettnachbarin schaute zu ihr rüber.
„Soll ich eine Krankenschwester für Sie rufen?", fragte die alte Dame besorgt.
„Nein, danke, es geht schon wieder", erwiderte Paula.
Sie stand auf und ging ins angrenzende Bad.
Eine Weile blieb sie vor dem Waschbecken stehen und betrachtete ihr Gesicht im Spiegel. Die Verfärbungen und Schwellungen gingen langsam zurück. Sie musste mit dem, was geschehen war, endlich abschließen. Man konnte die Zeit nicht zurückdrehen. Man konnte das, was passiert war, nie mehr rückgängig machen.
Paula ging zurück ins Zimmer. Es gab da noch etwas, was sie unbedingt klären musste. Ihr altes Handy war verschwunden,

deshalb konnte man sie auch nicht mehr erreichen. Ihre Tante hatte ihr ein neues besorgt, sie musste nur das Guthaben aufladen. Bestimmt hatte Maren versucht, sie anzurufen. Das Ergebnis des Vaterschafttest müsste ihr doch schon längst vorliegen.
Paula zog sich fröstelnd einen Bademantel über und begab sich langsam nach unten. Am Kiosk standen bereits einige andere Patienten und musterten sie neugierig. Sie stellte sich hinten an und wartete, bis sie an der Reihe war, dann kaufte sie sich eine Prepaid Karte und ein paar neue Zeitschriften. Auf der Terrasse des Krankenhauses fand sie ein ruhiges Plätzchen für sich. Paula gab den Code in ihr Handy ein und beantwortete die Abfrage. Es dauerte ihr alles viel zu lange. Sie konnte es jetzt kaum mehr erwarten, wollte endlich die Wahrheit erfahren. In ihrem Herzen wusste sie, dass Konrad ihr Vater war. Dass er es nicht sein konnte, daran wollte sie erst gar nicht denken. Paula zögerte noch einen Moment, bevor sie die Nummer von Maren schließlich eintippte.

11

Nachdem Saskia und das junge Paar überstürzt die Villa verlassen hatten, beschloss Konrad pragmatisch mit der prekären Situation umzugehen. Er wollte sich später um die Klärung dieses mysteriösen Eindringens in seine Privatsphäre kümmern.

Tatjana ließ sich schnell beruhigen und er widmete wieder seine ganze Aufmerksamkeit ihren herrlichen Brüsten. Nach einer heißen Liebesnacht sprang er am nächsten Morgen leichtfüßig aus dem Bett, duschte und zog sich seine Sportsachen an. Er verabschiedete sich zärtlich von seiner Gespielin und versprach ihr, nur eine kurze Runde zu joggen, um ganz schnell wieder bei ihr zu sein. Sie sollte das Bett weiterhin warmhalten.

Tatjana kuschelte sich unter die Decke.

Bald bin ich seine Frau. Er hat es mir versprochen! Sie stand auf und ging durch die Räume. *So ein schönes Haus.*

„Diese uralten Möbel werde ich aber alle rausschmeißen", sagte sie laut.

Erschrocken drehte sie sich um.

„Keiner da, keiner hat was gehört..."

Mit einem Sprung landete sie, so wie Gott sie schuf, auf dem breiten Sofa.

„Wenn wir erst mal verheiratet sind, werde ich mir eine Putzfrau leisten können und natürlich eine Köchin", sinnierte sie laut. „Tatjana Schuhmacher..., das hört sich doch gut an. Guten Tag, Frau Schuhmacher, wie geht es Ihnen, Frau Schuhmacher?"

Das Telefon klingelte, sie nahm ab.

„Schuhmacher?"
„Hallo Maren, hier ist Paula", erklang am anderen Ende der Leitung die Stimme einer Frau. „Haben Sie schon das Ergebnis von dem Vaterschaftstest? Ist Konrad mein Vater?"
Tatjana legte vor Schreck den Hörer auf.
„Ach du Scheiße", rief sie entsetzt. „Ich bekomme eine Tochter?"
Kurz darauf kam Konrad verschwitzt vom Joggen zurück. Sie erzählte ihm aufgeregt von diesem mysteriösen Anruf.
„Sag mal, bist du bescheuert? Wie kann man nur so blöde sein", brüllte er sie an. „Stell dir mal vor, meine Frau wäre dran gewesen!"
Tatjana wich geschockt zurück, hatte Angst vor seinem plötzlichen Ausbruch.
„Hast du dir wenigstens die Telefonnummer notiert?"
„Neeinn, aber ich hahab sie aauf dem Display gesehen…"
Konrad griff sich das Telefon und drückte auf die Wiederholungstaste. Ein Freizeichen ertönte, dann wurde abgenommen.
„Hallo, Frau Schuhmacher, das Gespräch war auf einmal unterbrochen."
„Mein Name ist Konrad Schuhmacher. Darf ich fragen, wer SIE sind?"
Paula blieb vor Schreck die Luft weg. Tausend Gedanken schossen ihr durch den Kopf, aber sie fand keine Worte, um sie auszusprechen.
„Sind Sie noch dran? Ich will wissen, wer Sie sind und was Sie hier für ungeheuerliche Gerüchte in die Welt setzen", schnauzte Konrad erneut los.
„Ich heiße Paula, Paula Winkler", flüsterte sie ängstlich.

Paula stocherte lustlos in ihrem Essen herum. Sie konnte diesen Krankenhausfraß nicht mehr sehen. Pommes mit Mayo und Ketchup, das wär`s jetzt. Angewidert schob sie den Teller zur Seite. Dann nahm sie ein Foto aus dem Buch, in dem sie gerade las, und betrachtete es zum hundertsten Male. Sie hatte es aus einer Fitnesszeitschrift herausgeschnitten und nutzte es jetzt als Lesezeichen. Ursprünglich waren Konrad und Maren darauf zu sehen. Marens grinsende Visage hatte sie im Papierkorb entsorgt. Sie wollte sie nicht ständig vor Augen haben, wenn sie sich das Bild von ihrem Vater ansah.
Obwohl das Telefonat nun schon eine Weile zurücklag, ließ Paula es immer wieder Revue passieren. Sie erinnerte sich an jedes einzelne Wort, das gesprochen worden war. Es war ein unglaubliches Gefühl gewesen, mit Konrad sprechen zu können. Er wusste sofort, wer sie ist, nachdem sie ihm ihren Namen genannt hatte. Als er erfuhr, dass sie sich bereits mit Maren getroffen hatte, versuchte er seine Wut darüber zu unterdrücken. Schließlich bat er sie um etwas Geduld. Er müsse „das Ganze erst einmal verarbeiten" hatte er ihr zum Abschied gesagt, und dass er sich aber bald wieder bei ihr melden würde. Paula wartete seitdem sehnsüchtig auf einen Anruf von ihm. Sie hoffte, dass er sie kennenlernen will, hatte aber Angst, dass sie nie mehr etwas von ihm hören würde. Müde schloss sie ihre Augen und fiel bald in einen unruhigen Schlaf. In ihrem Traum sah sie wieder diese verzerrten Fratzen auf sich zukommen. Aus der Dunkelheit tauchten schreckliche Gestalten auf, die immer näher kamen, sie bedrängten. Paula hatte das Gefühl, als würde jemand auf ihrem Brustkorb sitzen und ihr die Luft zum Atmen nehmen…
„Mama, wo bist du?", rief sie verzweifelt.

Mit einem Male wurde es ganz hell. Wärme durchflutete ihren Körper. Von Weitem sah sie ihre Mutter auf einer grünen Wiese tanzen. Sie drehte sich lachend immer schneller um sich selbst. Plötzlich rannte sie auf Paula zu und nahm sie in ihre Arme.

„Ich liebe dich, meine Kleine, und werde dich immer beschützen", flüsterte sie ihr zärtlich ins Ohr. Dann löste sie sich langsam aus der Umarmung. Paula wollte sie festhalten, aber sie entglitt ihr und verschwand in einer dichten Nebelwand…

Ein Klopfen holte sie aus ihrem Traum zurück in die Gegenwart. Die Tür zu ihrem Zimmer wurde vorsichtig geöffnet. Ein Mann betrat den Raum, ging auf sie zu und blieb nachdenklich vor ihr stehen.

„Du musst Paula sein."

Sie starrte Konrad fassungslos an.

Nachdem Konrad von Tatjana erfahren hatte, dass sie in seiner Abwesenheit einfach den Anruf entgegengenommen hatte, war er unglaublich wütend auf sie gewesen. Anfangs hatte er geglaubt, jemand mache einen üblen Scherz mit ihm. Ihm war aber auch der Gedanke gekommen, dass Maren ihn testen wollte und diesen Anruf mit Hilfe einer jungen Frau initiiert hatte. Als Paula ihren Namen nannte, wurde ihm aber sofort klar, dass es kein Spiel war. Erinnerungen, die lange und tief in ihm verborgen gewesen waren, kamen jetzt im Krankenhaus schonungslos zurück an die Oberfläche. Das kleine Mädchen, das er vor langer Zeit verlassen hatte, war zu einer schönen Frau herangewachsen. Er hatte ihr ganzes Leben versäumt und sie nicht beschützt, als man sie quälte und fast umbrachte. Konrad schämte sich jetzt dafür, dass er nach ihrem Telefonat nicht sofort zu ihr gefahren war. Anfangs hatte er mit sich selbst gehadert, wollte ein weiteres Mal seiner Verantwortung davonlaufen...

Nun stand er vor ihr, wollte sie am liebsten sofort in seine Arme nehmen. Das war aber moralisch nicht vertretbar. Für Paula war er schließlich nur ein Fremder. Stumm saßen sie sich gegenüber und musterten sich verstohlen, wenn sie glaubten, der andere bemerke es nicht. Verlegen begannen sie über belanglose Dinge zu reden. Paulas Augen stellten ihm jedoch andere Fragen, als ihr Mund sie aussprach, und die musste er ihr endlich beantworten.

12

Ein paar Tage nach ihrem Besuch bei Paula suchten Werner und Lussano ihre Freundinnen auf und befragten sie zu dem bewussten Abend. Die Mädchen waren immer noch völlig verstört. Ihre Angaben deckten sich aber mit dem, was Paula ihnen erzählt hatte. Allerdings wussten sie nichts von dem Zusammentreffen mit diesem Manuel. Keine von ihnen hatte mitbekommen, was an dem Abend draußen vor der Tür geschehen war. Kurz vor Mitternacht hatten sie noch nach Paula gesucht, weil sie mit ihr auf ihren Geburtstag anstoßen wollten. Sie waren sogar sauer auf sie gewesen, weil sie dachten, Paula wäre einfach alleine nach Hause gefahren. Sie feierten ohne ihre Freundin weiter, während diese fast umgebracht wurde. Werner brauchte eine Menge Überzeugungskraft, um ihnen klarzumachen, dass sie für das, was geschehen war, nicht verantwortlich waren.

Auch Franky und Kassandra konnten bestätigen, dass es sich bei dem Mann auf dem Foto um Hakan alias Falko handelte. Sie begleiteten Werner auf das Polizeipräsidium. Mit Hilfe eines Zeichners wurde ein Phantombild von Hakans mutmaßlichen Komplizen „Manuel" erstellt.

Lussano fuhr anschließend damit zum BrauHouse und befragte das Personal. Die Mitarbeiter waren geschockt von dem Verbrechen, das scheinbar in ihrer unmittelbaren Nähe begonnen hatte. Leider konnten sie keine brauchbaren Angaben machen. An dem Abend war viel los gewesen und sie hatten alle Hände voll zu tun gehabt. Er reichte das Foto und das Phantombild von den beiden Verdächtigen herum. Einer der Türsteher meinte, den blonden Mann gesehen zu haben, konnte aber nichts weiter über die Person sagen. Die Zeichnung und das Foto der Verdächtigen wurden parallel zur Befragung im Internet veröffentlicht. Allerdings gab man an, dass es sich hierbei um Zeugen handeln würde, aber nicht um welche Tat. Im Netzwerk wurde hinreichend spekuliert und jeder präsentierte seine Vermutungen, zum Teil auf eine obskure Art und Weise. Im Rahmen eines Pilotprojektes waren bisher schon einige Erfolge mit dieser Art von Veröffentlichungen verbucht worden. Dadurch konnte man nicht nur eine neue Zielgruppe erreichen, sondern auch durch das „teilen" eine schnelle Verbreitung ermöglichen. Auch in diesem Fall brachte die Veröffentlichung den gewünschten Erfolg. Der gesuchte Mann auf dem Foto konnte bald eindeutig identifiziert werden.

Hauptkommissar Werner und Kommissar Lussano ließen es sich nicht nehmen, den Verdächtigen persönlich zu verhaften. In Begleitung eines Polizisten stand Werner vor der Wohnungstür des mutmaßlichen Täters und wartete darauf, dass sie geöffnet wurde. Lussano blieb vorsorglich unten und beobachtete das Haus.
Da niemand auf sein Klingeln reagierte, klopfte Werner energisch gegen das Holz. In der Wohnung hörten sie verdächtige Geräusche und zwei aufgeregte Stimmen miteinander flüstern.
„Polizei! Machen Sie sofort die Tür auf oder wir müssen sie gewaltsam öffnen!"
Die Kette wurde vorsichtig zur Seite geschoben. Durch einen kleinen Spalt schaute das blasse Gesicht einer jungen Frau.
„Was wollen Sie von mir?", fragte sie ängstlich.
„Wenn Sie uns hereinlassen würden, könnten wir es Ihnen erzählen", antwortete Werner.

„Haben Sie einen Durchsuchungsbefehl?"
Ihre Stimme klang nun etwas forscher.
„Wir möchten uns gerne mit Ihnen unterhalten. Wenn Sie uns hereinlassen würden, bekäme auch nicht die halbe Nachbarschaft mit, um was es hier geht."
Er hörte, wie nebenan eine Tür geräuschvoll ins Schloss fiel. Das Geräusch aus der Wohnung war jetzt eindeutig. Ein Stuhl wurde umgeworfen und kurz darauf ein Fenster geöffnet. Werner stieß die Wohnungstür weit auf, schob die Frau zur Seite und lief über den Flur in eines der Zimmer. Es war niemand in dem Raum zu sehen. Werner lehnte sich aus dem geöffneten Fenster und sah, wie ein Mann die Straße herunterrannte und von Lussano verfolgt wurde. Werner und der Polizist liefen schnell aus der Wohnung und dann die Treppen hinunter. Sie nahmen immer zwei Stufen auf einmal. Unten angekommen, rissen sie die Haustür auf und eilten zu ihren Fahrzeugen.

Lussano kam dem Verdächtigen immer näher. Dieser schlug verzweifelt einen Haken, geriet ins Stolpern und knallte mit der rechten Schulter auf den Asphalt.
„Autsch! Das hat bestimmt wehgetan", keuchte Lussano außer Atem, nachdem er ihn endlich eingeholt hatte. Er drückte ihm sein Knie in den Nacken und legte ihm Handschellen an. Neben ihnen kam ein Polizeifahrzeug mit quietschenden Reifen zum Stehen. Ein zweites Auto, in dem Werner saß, war ihm gefolgt und stoppte jetzt abrupt.
Lussano zog den jungen Mann, der sich mit aller Kraft gegen ihn wehrte, hoch, öffnete die Autotür des BMWs und drückte

seinen Kopf grob nach unten. Dabei stieß er ihn unsanft gegen den Türrahmen.

„Isch verglag disch, du Scheißbulle", keifte Hakan.

„Sorry, war keine Absicht", antwortete Lussano und rammte seinen Kopf ein weiteres Mal gegen die Tür. Hakan kochte vor Wut, traute sich aber nicht, noch irgendetwas zu sagen. Werner stand daneben und verfolgte grinsend das kuriose Schauspiel.

Während der Fahrt schimpfte Hakan ohne Unterbrechung auf Türkisch. Ein paar der Worte waren Lussano nur zu gut bekannt, aber er ignorierte seine Hasstiraden und unterhielt sich angeregt mit Werner. Als sie auf dem Parkplatz vor dem LKA am Waterlooplatz anhielten, war von der Rückbank nichts mehr zu hören.

Sie ließen ihn noch eine Weile im Verhörzimmer schmoren. Dann gingen die beiden Kriminalbeamten gemeinsam hinein. Werner knallte eine Akte auf den Tisch und setzte sich Hakan gegenüber auf einen freien Stuhl.

„Hallo, Hakan, ich wusste doch, dass wir zwei uns kennen. Du erinnerst dich doch bestimmt noch an die Schlägerei Am Weißekreuzplatz?"

Vor ein paar Jahren war es dort zu einem Überfall gekommen. Zwei Männer wurden damals von einer Gruppe Jugendlicher beraubt. Sie nahmen ihnen ihre Handys und die Portemonnaies ab und prügelten die armen Kerle krankenhausreif. Kommissar Werner hatte das Verfahren geleitet.

„Bist ja mit 'nem blauen Auge davongekommen. Du hattest Glück, dass du noch minderjährig warst und die Anklage unter das Jugendstrafrecht fiel."

„Leck misch!" Hakan kreuzte seine Arme vor der Brust und starrte an die Decke.
„Okay, dann werden wir jetzt einfach mal mit der Befragung beginnen."
Werner belehrte ihn über das Aussageverweigerungsrecht und dass er das Recht auf einen Anwalt habe.
„Isch brauch kein Scheißanwalt, hab nix gemacht, ey", schnauzte Hakan ihn an.
„Wie du willst. Dann unterschreib mir das hier bitte." Werner schob ihm das Formular über die rechtliche Belehrung zu und drückte ihm einen Kugelschreiber in die Hand. Widerwillig setzte Hakan seinen Namen darunter.
Werner blätterte in der Akte.
„Dein Vorstrafenregister liest sich ja wie ein Auszug aus einem Gesangsbuch."
„Ey, fick disch, Alter. Was wollt ihr Scheißbullen eigentlisch von mir?" Hakan spuckte in seine Richtung. Werner wich aus und die Spucke verfehlte ihr Ziel.
„Im Internet wurde ein widerlicher Film mit dir als Hauptdarsteller veröffentlicht. Weißt du jetzt, um was es geht? Apropos ficken. Du bist ja mittlerweile volljährig und, wie ich sehe, immer noch auf Bewährung. Wir werden sicher ein feines Plätzchen in der Strafanstalt Vechta für dich finden. Vielleicht verliebt sich ja einer der Mitgefangenen in dich. Das wird sicher romantisch, wenn der erfährt, dass du das Mädchen vergewaltigt und fast umgebracht hast."
Hakan wurde auf einmal ganz kleinlaut.
„Ey, Schäff, wir können doch beschtimmt 'nen Deal starten…"

„Ach ja? Du siehst wohl auch so gerne diese Profiler-Serien? Law and Order oder doch lieber Hawai Five-0?" Ich schau mir am liebsten Criminal Mind an."
Werner nestelte langsam ein Papiertaschentuch aus seiner braunen Lederjacke und drückte es ihm in die Hand.
„So, und jetzt wischst du erst mal deinen Rotz vom Boden."
„Bin isch 'n verficktes Weib, ey? Machs doch selba."
Lussano schoss wie ein Panther aus einer dunklen Ecke auf Hakan zu. Er wirbelte ihn auf seinem Stuhl herum und packte ihn am Kragen.
„Jetzt wollen wir mal den Kaffeeklatsch beenden. Entweder wischst du deine Rotze vom Boden oder ich benutze deine Zunge als Lappen."
Hakan gehorchte sofort und beseitigte angewidert seinen Speichel von den Fliesen.
„Braver Junge."
Lussano nahm ihn grob am Arm und beförderte ihn zurück auf den Stuhl.
„Dann kann's ja jetzt losgehen."
Werner schaltete das Aufnahmegerät an.
„Habt ihr mal 'ne Kippe?"
„Fang endlich an zu reden, verdammt nochmal!"
„Hab ja nur gefragt, Mann... Isch sitz jetz in der Scheiße, ey. Dennis, der Arsch, hat sisch aus'm Staub gemacht, isch würd dem am liebsten die Fresse poliern. War sowieso alles nur seine Idee. Isch wollt erst gar nich... Der hat die Alte so rischtig fertisch gemacht. Dann musste ich ran. Das Dennis misch filmt, hab ich erst gar nich gescheckt. Dann schickt der Idiot den Clip an sein Kumpel auf Smartphone und der wieder an

sein Kumpel... Is nich meine Schuld, dass plötzlisch halbe Welt unser Porno guckt."

Werner sah, wie schwer es Lussano fiel, sich zurückzuhalten. Seine Hände waren zu Fäusten geballt.

„Dennis hat dich also gefilmt, während du die Kleine vergewaltigt und misshandelt hast. Hat er auch einen Nachnamen?", hakte Werner nach.

Hakan gab jetzt bereitwillig Auskunft.

„Dieser verfickte Hurensohn is einfach abgetaucht. Wenn isch verrate wohin, was springt für misch da raus?", fragte er verschlagen.

„Sind wir hier auf dem Basar?", schimpfte Lussano. „Ich bringe dich jetzt in eins unserer schönsten Einzelzimmer und dort wirst du solange verrotten, bis du uns endlich dein Geheimnis verraten hast."

„Waate ma...", wimmerte Hakan. Er kratzte sich nervös am Kopf. „Dennis Alter, der hat rischtig Kohle, der merkt gar nich, wenn da was fehlt. Dennis hat immer was von son Typ in Portugal gefaselt. Der hat da wohl nen Palast. Am Meer und so. Da wollten wir hin, bevor diese Scheiße passiert is." Lussano schaute ihn mit einem prüfenden Blick an.

„Jetzt sagst du uns noch, wer sein Vater ist, und dann will ich deine Visage hier nicht mehr sehen."

Die beiden Kommissare waren überrascht, als er ihnen den Namen verriet.

„Und wer war der Dritte im Bunde?", wollte Werner wissen.

Hakan guckte ihn irritiert an.

„Da war keiner. Nur Dennis und isch."

Werner glaubte ihm kein Wort.

„Ich würde sagen, du erzählst uns jetzt mal die ganze Geschichte von Anfang an."
„Das war voll krass, Alter…", fing Hakan an.
„Für dich Hauptkommissar Werner, so viel Zeit muss sein."
„Sorry, war nich so gemeint… Dennis und isch waren also voll gut drauf und sind so durch die Brüderstraße gelatscht. Haben die Nutten verarscht, sie an die Titten gefasst und so. Man warn die sauer! Eine von den Junkies wollte Dennis eine knallen, traf aber nich. Die torkelte sowieso nur so rum. Dennis wollte zuhaun, isch konnt den grad noch so zurückhalten. Ey, nachher wärn noch die Bullen vom Revier aufgekreuzt… Dann taucht da auf einmal son schwuler Typ auf. Konnste gar nich verstehen, was der sachte. Erst dachten wir, das is einer von den Schtechern, der uns wegen der Weiber rannehmen wollte. Isch wollt schon mein Butterfly ausser Hose ziehen. Dann fragt der, ob wir Schtoff haben wollen. Ey geil, dacht isch, den zocken wir jetz so rischtig ab und lotsen ihn zur Pissbude. Weisste, da bei der Unterführung, wo die Nutten sisch von ihren Freiern vögeln lassen. Wir sind dann da rein mit dem Typen und mussten ersma son Penner vom Klo ziehen. Ey, Alter…"
Er unterbrach sich selbst, als Lussano drohend auf ihn zukam.
„Sorry, Mann, is ja schon gut…"
Lussano ging zurück in seine Ecke, behielt ihn aber weiter im Auge. Hakan atmete erleichtert aus und machte es sich auf dem Stuhl bequem.
„Also wir schnappen uns den Penner… Mann, der konnte nich schnell genug seine versiffte Hose hochziehn, als wir ihn in den Arsch nach draußen treten…, ha, ha, ha,…der hatte noch

die halbe Klorolle am Schuh kleben... Ey, der is sowas von schnell gerannt..."
Beifall heischend sah er erst Werner und dann Lussano an.
„Wirklich sehr witzig. Vielleicht kommst du jetzt langsam auf den Punkt."
Hakan guckte Werner verwundert an.
„Ach so,...okay,... ja,... Also, dann wolltn wir uns den Loser vornehmen. Isch fuchtel so mit mein Messer vor sein Nase, als der plötzlisch ne Knarre zieht. Mann, mein Arsch ging voll auf Grundeis! Dann sagt der, wir solln cool bleiben, sonst würd er uns die Rübe wegblasen. Was dann kam, war echt abgefahrn."
Sie sollten sich an Paula heranmachen und ihr „ein bisschen Angst machen und so", sagte dieser mysteriöse Unbekannte. Den Zeitpunkt und den Ort, an dem sie auf Paula treffen würden, wollte er ihnen bald mitteilen. Um in Kontakt zu bleiben, gab er ihnen ein Einweghandy und als „Anzahlung" bekamen sie ein paar Päckchen Marihuana. Nach Beendigung „ihres Auftrages" sollten sie „noch mehr von dem Zeug" bekommen. Dann zog der Fremde erneut seinen Revolver und drohte, sie damit umzubringen, falls sie auf dumme Gedanken kämen. Da er merkwürdigerweise wusste, wer sie waren, bekamen sie es mit der Angst zu tun. Sie waren froh, als er endlich wieder verschwunden war.
Ein paar Tage später bekamen sie telefonisch den Ablauf mitgeteilt. Sie wollten sich auf den „Spaß" einlassen und sich dann später diesen „Spinner" vorknöpfen. Sie verfolgten Paula und warteten auf „den richtigen Moment". In der Ernst-August-Galerie sprachen sie sie das erste Mal an. Dennis stellte Hakan und sich mit falschem Namen vor, machte einen blö-

den Spruch. Er blitzte gnadenlos bei Paula ab. So etwas war ihm vorher noch nie passiert.

„Mann, war der sauer! Er sachte, dass er die Schlampe fertisch machen will…"

Hakan duckte sich ängstlich, als Lussano sich zu ihm nach vorne beugte.

„Ey, hab nur gesacht wie er, hab nich gewusst, was der fürn Tier sein kann. Hab misch echt erschrocken. Isch schwör!"

Nach ihrem Misserfolg im Einkaufscenter verfolgten sie die drei jungen Frauen bis zu dem Haus, in dem Paula und ihre Freundinnen wohnten. Sie warteten dann so lange, bis die Mädchen wieder herauskamen und folgten anschließend der Limousine bis zum BrauHouse.

Vom Tresen aus beobachteten sie Paula, die mit mehreren jungen Frauen an einem Tisch saß und ausgelassen feierte. Als sie dann alleine zum Rauchen nach draußen ging, folgte ihr Dennis. Er sprach sie an und sie war tatsächlich zugänglicher als am Nachmittag. Ihr ging es wohl nicht so gut und er bot ihr an, ein Glas Wasser für sie zu holen. Sie wartete auf ihn, bis er zurückkam. Paula trank arglos das Wasser, in das er vorher K.-o.-Tropfen gemischt hatte, und als ihr plötzlich schlecht wurde, spielte er den Kavalier. Er führte das arme Mädchen zu einem Auto, in dem Hakan schon ungeduldig wartete. Dann fuhren sie auf den Parkplatz vom Bischofshol und schleppten sie anschließend in den Wald. Dort begannen sie dann mit ihrer grausamen Tat. Paula war scheinbar zu benommen, um sich wehren zu können.

Hakans weitere Erzählungen, die teilweise in Prahlereien ausarteten, brachten Kommissar Lussano an seine Grenzen. Der warnende Blick seines Kollegen sollte ihn davon abhalten, nicht komplett auszurasten. Er ignorierte ihn aber, ging auf Hakan los und knallte mit der flachen Hand auf den Tisch. Hakan wich erschrocken zurück.

„Euch Scheißkerlen hat es wohl nicht gereicht, das Mädchen brutal zu vergewaltigen. Wolltet ihr die Tat vertuschen? Habt ihr deshalb versucht, sie zu töten? Hast DU ihr mit DEINEM Messer diese Verletzungen zugefügt?"

Hakan sah ihn entsetzt an.

„Ey, Mann, was isn das für ne Scheiße, Mann? Das Messer hab isch nur so als Drohung an ihr Hals, mehr nich…Wir hamse nur gefickt, sind dann wech…"

Werner konnte Lussano gerade noch davon abhalten, einen Fehler zu begehen.

„Das ist der größte Mist, den ich jemals gehört habe! Für wie blöd hältst du uns eigentlich? Für mich reicht dein Geständnis. Ich mach das jetzt fertig und du unterschreibst mir deine Aussage", stieß Lussano wütend zwischen seinen Zähnen hervor.

„Mann, das musst du glauben. Isch lüg doch nich! Isch will nen Anwalt, ey!", rief Hakan verzweifelt.

13

Maren ging vom Pool zurück in ihr Zimmer. Auf dem Display ihres Handys erkannte sie Konrads Nummer und sah, dass er bereits mehrfach versucht hatte, sie zu erreichen. Sie wollte nicht mit ihm sprechen und sich von ihm die gute Laune verderben lassen. Außerdem war gleich ihr Massagetermin und heute Abend veranstaltete das Hotel ein Candle-Light-Dinner mit einem Champagnerempfang, einem Drei-Gänge-Menü und einer anschließenden Show. Das wollte sie sich auf keinen Fall entgehen lassen. Bei einem ausgiebigen Einkaufsbummel am Nachmittag hatte sie sich in einer kleinen Boutique, abseits des Touristenrummels, ein traumhaft schönes Abendkleid gekauft. Das würde sie heute Abend anziehen.
Maren hörte ihre Mailbox erneut ab und der Anruferin gespannt zu. Judy hatte ihr aufs Band gesprochen. Es ging dabei um die Villa und sie bat um einen Rückruf. *Vielleicht haben sie endlich einen Käufer für das Haus gefunden,* dachte sie voller Hoffnung und rief gleich zurück, konnte aber niemanden erreichen. *Dann versuchen wir es halt später noch einmal.* Die letzten Stunden, bevor der Sturm losgehen würde, wollte sie noch in vollen Zügen genießen und sich jetzt im Wellness-Bereich von einem gutaussehenden Masseur verwöhnen lassen.

Die schöne Zeit auf Teneriffa war nun zu Ende. Maren fuhr zum Flughafen, gab ihren Koffer am Schalter ab und bummelte nach der Sicherheitskontrolle durch die Geschäfte. Sie kaufte sich ein paar Kosmetikartikel und begab sich zu ihrem Terminal. Bevor sie an Bord ging, nahm sie die durchsichtige

Plastiktüte mit ihren Einkäufen aus dem Duty-Free-Shop von einer freundlichen Stewardess entgegen. Dann ließ sie sich ihren Platz zuweisen und machte es sich bequem. Maren bestellte sich eine kleine Flasche Rotwein. Sie goss die tiefrote Flüssigkeit in den Plastikbecher und trank einen großen Schluck. Vor ihrem Abflug hatte sie Judy dann doch noch erreicht und erfahren, was in ihrer Abwesenheit geschehen war. Maren war nicht wirklich sauer auf Saskia. Sie konnte schließlich nichts dafür, dass Konrad, dieser Idiot, so bescheuert gewesen war, es in ihrem gemeinsamen Haus mit einem seiner Flittchen zu treiben. Sie war aber unglaublich wütend auf IHN. Ihm war es scheinbar vollkommen egal, ob die Nachbarn mitbekamen, dass er sie betrog. Ein Grinsen konnte sie sich dennoch nicht verkneifen, als sie sich die Szene im Schlafzimmer und Konrads dämliches Gesicht bildlich vorstellte. Das geschah ihm ganz recht, diesem selbstgerechten Mister Unantastbar. Jetzt musste sich Maren erst einmal genau überlegen, wie es in Zukunft weitergehen sollte. Es bestand sofortiger Handlungsbedarf. Konrad würde seine Nachforschungen mit Sicherheit weiterführen. Er hatte ein paar Mal angerufen, aber sie wollte sich jetzt noch nicht mit ihm auseinandersetzen müssen. Gnade ihr Gott, wenn er von ihren Plänen erfuhr. Sie kannte den Jähzorn ihres Gatten und die Beziehungen, die er besaß, um sie fertigzumachen.
Kurz vor ihrem Abflug hatte sich Maren noch schnell ein Zimmer in einem exklusiven Hotel reservieren lassen. Nachdem Maren in Langenhagen auf dem Flughafen gelandet war, stieg sie am Eingangsbereich in ein Taxi. Sie ließ sich direkt ins Hotel fahren. Dort checkte sie ein, nahm die Schlüsselkarte entgegen und fuhr mit dem Fahrstuhl in die dritte Etage. Sie

öffnete die Tür zu ihrem Zimmer, stellte den Koffer ab und bestellte sich telefonisch ein Abendessen und eine Zeitung. Dann begab sie sich ins Bad, entledigte sich ihrer verschwitzten Kleidung und stellte sich unter die Dusche.
Es klopfte. Schnell zog sie sich einen Bademantel über und öffnete die Tür. Maren nahm dem Kellner das Tablett mit dem Essen ab und setzte sich damit an den kleinen Tisch vor dem Fenster. Während sie aß, blätterte sie in der Zeitung. **„Eilenriede-Vergewaltiger von der Polizei verhaftet"** – sprang ihr sofort die plakative Überschrift in dem Hannover-Teil der Tageszeitung ins Auge. Nachdem sie den Artikel zu Ende gelesen hatte, wich ihr jegliche Farbe aus dem Gesicht. Man hatte nicht nur einen der Täter verhaftet, sondern auch das Opfer identifizieren können. Als sie den Namen Paula W. und das Alter des Opfers las, legte sie die Zeitung entsetzt zur Seite und rief sofort in den umliegenden Krankenhäusern an. Schon bei ihrem dritten Anruf hatte sie Erfolg.
Hastig zog sie sich an, bestellte sich ein Taxi und ließ sich zur MHH bringen. Dort angekommen, suchte sie nach der Station und fuhr dann mit dem Fahrstuhl in die 7. Etage. Eilig lief sie den Flur entlang und wollte gerade die Tür zur Station öffnen, als ein älterer Mann und eine junge Frau aus einem der Krankenzimmer herauskamen. Sie erkannte Konrad und Paula, die ihr plaudernd entgegenkamen. Die beiden hatten sie aber noch nicht bemerkt. Maren sah sich hektisch nach einem Versteck um. Dann sah sie die Tür zum Treppenhaus, lief schnell dorthin und rannte alle sieben Etagen hinunter. Außer Atem erreichte sie den Ausgang und winkte sich ein schwarzes Taxi heran. Aufatmend ließ sie sich auf einen der hinteren Sitze fallen.

„Wohin soll's denn hingehen, junge Frau?", fragte der Fahrer.
„Fahren Sie einfach los."
Der Mann schüttelte verwundert den Kopf, schaltete dann aber das Taxameter an und gab Gas.

Maren hatte sich zurück zum Hotel bringen lassen und war mit einer Tablette in einen unruhigen Schlaf geflüchtet. Am nächsten Morgen wachte sie total erschlagen auf. Hilflos überlegte sie, was sie nun tun sollte. Alles geriet aus dem Ruder. Wie war der Kontakt zwischen Paula und ihrem Mann zustande gekommen? Hatte sich dieses dumme Mädchen über ihre eindringliche Bitte, Konrad nicht anzurufen, einfach hinweggesetzt? War ihr, verdammt nochmal, bewusst, was sie ihr damit angetan hatte? Was mit Paula geschehen war, schien sie nicht mehr zu interessieren. Sie musste sich etwas einfallen lassen, damit diese leidige Geschichte zu ihren Gunsten zu Ende ging. Maren überlegte eine Weile, bevor sie sich mit der Station, auf der Paula lag, verbinden ließ. Die Schwester bejahte ihre Frage, ob Paula ein Telefon in ihrem Zimmer habe. Nach zwei Freizeichen meldete sie sich. Bevor sie etwas sagen konnte, fragte Maren sie direkt, ob Konrad noch bei ihr sei.
„Nein, er ist weg… Woher wissen Sie, dass er hier war und dass ich im Krankenhaus bin? Wo waren Sie eigentlich in den letzten Wochen und warum haben Sie sich nie bei mir gemeldet?", sprudelte es nur so aus Paula heraus.
Maren erzählte ihr, dass sie verreist gewesen sei und erst heute zufällig durch einen Zeitungsartikel erfahren hätte, was mit Paula geschehen wäre. Als sie den Namen des Opfers las, hätte sie eins und eins zusammengezählt und schnell herausgefunden, in welchem Krankenhaus sie lag.

Dass Maren Konrad nicht begegnen wollte, dafür hatte Paula Verständnis. Dass sie angeblich versucht hatte sie zu erreichen, glaubte sie ihr, weil sie bei dem Überfall ihr Handy verloren hatte. Jetzt musste Paula ihr erklären, warum Konrad bei ihr gewesen war und wie es zu dem Treffen kommen konnte. Paula gestand ihr, einen dummen Fehler begangen zu haben. Sie weinte, während sie erzählte, wie unbedacht sie gewesen war und dass sie nicht daran gedacht hätte, dass jemand anderes als Maren das Telefonat entgegennehmen könnte. Konrad hätte sofort gewusst, wer sie sei, und sich gefreut, nach all den Jahren von ihr zu hören. Maren versuchte ihre Wut darüber zu unterdrücken.

„Wie geht es jetzt weiter?", fragte Paula zaghaft.

„Sie haben ja erreicht, was Sie wollten. Die Vaterschaft wurde übrigens bereits amtlich bestätigt", antwortete Maren etwas zu grob.

„Bitte seien Sie nicht böse mit mir. Es war nie meine Absicht gewesen, Ihre Ehe auseinanderzubringen", flehte Paula.

Das hast du ja bereits getan, du dumme Gans", dachte Maren. „Es ist halt nicht mehr zu ändern", sagte sie stattdessen „Ich werde mich von Konrad trennen. Wenn Sie aus dem Krankenhaus entlassen werden, komme ich Sie mal besuchen. Erzählen Sie aber, verdammt nochmal, Konrad nichts von unserem heutigen Gespräch."

14

Judy hatte nur kurz mit Maren sprechen können. Ein Zusammentreffen mit ihr würde sehr unangenehm ausfallen, sobald sie genau erfahren würde, was vorgefallen war. Die Maklerinnen wollten jedenfalls die Angelegenheit so schnell wie möglich ad acta legen können. Jetzt konzentrierten sie sich erst einmal auf die Anfragen anderer Immobilien. Sie waren gerade dabei, Unterlagen für die Besichtigungstermine zusammenzustellen, als jemand scheinbar die Klingel durch die Wand drücken wollte.
„Was ist das denn für ein Idiot?"
Saskia stand verärgert auf, um dem Übeltäter ihre Meinung um die Ohren zu hauen. Als sie die Wohnungstür öffnete, wollte sie gerade so richtig loslegen, wurde aber von Konrad gestoppt, der wutentbrannt auf sie zusteuerte. Saskia schickte ein Stoßgebet gen Himmel und hoffte, dass sich der Boden unter ihren Füßen öffnete, um sie zu verschlingen.
„Hallo, Konrad", begrüßte Judy ihn höflich. Sie war Saskia bis zur Tür gefolgt. Sanft legte sie ihre Hand auf den Rücken des tobenden Mannes und schob ihn ins Wohnzimmer. Konrad war zu überrascht, um darauf aggressiv zu reagieren, und setzte sich willig auf den ihm angebotenen Platz.
„Vielleicht erklärst du mir jetzt mal, was du in meinem Haus zu suchen hattest. Wie bist du überhaupt reingekommen?", wollte er von Saskia wissen. Sie überlegte, wie sie die Antwort am besten formulieren könnte, ohne zu viel von Marens Plänen zu verraten.

„Vorab möchte ich mich bei dir entschuldigen. Es war für alle Beteiligten keine besonders schöne Situation gewesen. Ich hatte mich an dem Tag mit interessierten Kunden getroffen und wollte eigentlich nur eine Hausbesichtigung durchführen."
Konrad sah sie entgeistert an.
„Eine Hausbesichtigung?"
„Maren hatte uns doch mit dem Verkauf eurer Villa beauftragt. Soweit ich weiß, empfand sie euer Haus als zu groß für zwei Personen. Sie sprach auch von einer Eigentumswohnung, die ihr besitzen sollt, in die wollte sie wohl mit dir umziehen." Saskia log, ohne rot zu werden. „Ich dachte, das war mit dir so abgesprochen?"
Konrad fiel aus allen Wolken. In seinem Kopf arbeitete es, das konnte man förmlich sehen. *Was zur Hölle hat Maren vor?* Plötzlich hatte er es sehr eilig. Er verabschiedete sich von den beiden Frauen und verschwand genauso schnell, wie er ein paar Minuten vorher in ihre Wohnung gestürmt war.
Judy schüttelte perplex ihren Kopf.
„Was war das denn gerade?"
Saskia pustete die angehaltene Luft aus ihrer Lunge.
„Meine Güte, hat der mich erschreckt. Ich hatte richtig Angst, als er so auf mich zukam. In Marens Haut möchte ich jetzt aber nicht stecken."

Am Wochenende wollte Judy ihr Versprechen einlösen, das sie Claus bei ihrem zufälligen Wiedersehen auf der Alten Bult gegeben hatte. Ihr war die Aktion immer noch ganz schön peinlich. Wahrscheinlich war es für ihn aber noch peinlicher, denn schließlich war er von einer zarten Frau einfach aufs

Kreuz gelegt worden. Mit so etwas hatte er bestimmt nicht gerechnet, und Judy hatte das Überraschungsmoment für sich ausgenutzt. „Man soll immer auf der Hut sein", das hatte ihr Claus jedenfalls damals beim Training regelrecht eingebläut. Vor zwei Tagen hatten sie lange miteinander telefoniert. Claus war ein interessanter und witziger Gesprächspartner. Judy freute sich auf das Treffen mit ihm. Sie wollten sich an dem heutigen Abend in einem kleinen, gemütlichen Restaurant in der List zu treffen. Jetzt stand sie vor ihrem Kleiderschrank und stellte wieder einmal fest, dass sie nichts Vernünftiges zum Anziehen besaß.
„Saskia, komm doch mal bitte", rief sie verzweifelt.
„Na, machen wir wieder eine Modenschau?", lachte Saskia. Sie ließ sich bäuchlings auf das Bett fallen und stützte ihr Gesicht auf beide Hände ab.
„Auf jeden Fall High Heels. Die machen jeden Mann verrückt."
Saskia stand umständlich wieder auf, ging zum Schrank und nahm ein rotes Minikleid mit einem tiefen Ausschnitt heraus. Sie zwinkerte ihrer unschlüssigen Freundin verschmitzt zu.
Judy schaute sie genervt an.
„Das ist eine Verabredung mit meinem ehemaligen Trainer, du blöde Gans."
„Sollte ein Scherz sein. Für das erste Date wäre das Kleid sowieso viel zu nuttig", beruhigte Saskia sie grinsend. „Zieh´ne enge Jeans, eine weiße Bluse und einen Blazer an. Das ist unverfänglich und niemand kommt auf dumme Gedanken. Die schwarzen High Heels würde ich aber trotzdem dazu tragen, das macht optisch lange Beine."

„Willst du etwa damit andeuten, ich hätte zu kurze Beine?", fragte Judy empört
„Nein, Schatz, du hast die längsten Beine, die ich kenne", antwortete ihr Saskia und küsste sie auf die Wange. „Trödele nicht so lange herum, ich fahr dich nachher zu dem Restaurant. Dann darfste saufen."
„Mein Gott, wie konnte ich nur mit so einer Straßengöre zusammenziehen? Langsam erkenne ich dein wahres Gesicht."
„Entweder du liebst mich so, wie ich bin, oder du kannst zu Fuß zur Podbi laufen", rief Saskia ihr beim Weggehen zu.
„Dich muss man doch lieben, meine Süße", hörte sie Judy noch sagen, bevor sie die Schlafzimmertür hinter sich zuzog. Saskia lächelte. *Das beruht auf Gegenseitigkeit!*
Etwas später ließ sich Judy von ihr vor dem italienischen Restaurant absetzen, in dem sie sich mit Claus verabredet hatte. Als sie den Raum betrat, sah sie ihn in einer gemütlichen Nische sitzen. Er stand sofort auf, um sie freudig zu begrüßen, und führte sie zu ihrem Platz.
„Ich habe für uns eine Flasche Cabernet bestellt. Ich hoffe, das ist nach deinem Geschmack", sagte er, nachdem sie sich hingesetzt hatten.
Judy war überrascht, wie höflich er sein konnte, bisher kannte sie nur seine flapsige Seite.
Claus erhob sein Glas und stieß mit ihr an.
„Auf einen schönen Abend."
Er sah Judy bewundernd an.
„Weißt du eigentlich, dass ich dich das erste Mal frisch geduscht und nicht in verschwitzten Sportklamotten sehe?"
„Deine Schnodderschnauze legst du wohl nie ab?"

„Mensch, das war so was wie ein Kompliment", lenkte Claus gleich ein.
„Da besteht aber noch viel Trainingsbedarf."
„Ich bin lernfähig."
Ihr verbaler Schlagabtausch wurde durch den Kellner unterbrochen.
„Einmal Picca Siciliana Ex Elle, for swei Persona. Buon apetito, Senor un bella Signora. Darf ich erlaube, Sie sinte eine söne Paare."
„Grazie per i complimenti", antwortete ihm Claus. Der Kellner deutete eine leichte Verbeugung an und ging zurück in die Küche.
Judy sah Claus interessiert an.
„Welche versteckten Talente kommen denn bei dir auf einmal zum Vorschein?"
„Vielleicht sind da ja noch mehr. Versuch`s doch einfach herauszufinden."
Er beugte sich vor und sah ihr tief in die Augen.
„Erst mal möchte ich herausfinden, warum diese Pizza Sicilana heißt", beendete sie die heikle Situation und biss herzhaft zu. „Ich glaube, ich werde auf dein Angebot zurückkommen", sagte sie kauend.
„Oh, das ging aber schnell. Gehen wir zu dir oder zu mir?"
„Kann man mit dir eigentlich auch mal ernsthafte Gespräche führen?" Judy musste jetzt doch lachen. „Ich würde gerne wieder mit dir trainieren. Es ist schon so lange her und ich bin mir nicht sicher, ob ich mich in einer Notsituation wirklich verteidigen könnte. Hast du von der Vergewaltigung in der Eilenriede gehört? Fast jeden Tag jogge ich mit Saskia, manchmal auch alleine, durch den Wald. Momentan vermeiden wir

die Strecke. Es kann aber überall passieren und ich möchte mich im Notfall wehren können."
Claus legte langsam das Besteck auf seinen Teller.
„Ja, das wäre vernünftig." Er sah auf einmal ganz bedrückt aus. „Ich habe das Mädchen gefunden..."
„Du, das finde ich jetzt aber überhaupt nicht mehr witzig", unterbrach Judy ihn verärgert.
„Das war es wahrhaftig nicht. Mein Freund Thomas und ich hatten eine Runde mit meinem Hund gedreht. Basco benahm sich plötzlich sehr merkwürdig. Er lief immer um dieselbe Stelle herum. Erst dachten wir, er wollte spielen. Als wir dort hinkamen, lag eine junge Frau bewusstlos und schwer verletzt am Boden."
„Das ist ja furchtbar!" Judy überlegte einen Moment. „Jetzt erinnere ich mich. Saskia und ich hatten an dem Tag beim Griechen einen großen Auftrag gefeiert. So gegen Mitternacht fuhren mehrere Polizeiautos den Bischofsholer Damm hinunter... Oh mein Gott, während wir uns amüsiert haben, wurde ein paar Kilometer weiter ein Mensch fast umgebracht."
Judy schossen die Tränen in die Augen. Sie legte ihre Serviette auf den Tisch und ging nach draußen. Claus folgte ihr.
„Bestellst du mir ein Taxi? Sei mir nicht böse, aber ich kann hier nicht länger bleiben." Judy sah ihn bittend an.
„Das ist schon okay. Warte einen Moment, ich bezahle schnell die Rechnung und dann fahre ich dich nach Hause."

Judy lag immer noch im Bett, als Saskia am nächsten Tag von einem Termin zurückkam. Ihr Zimmer war dunkel, obwohl draußen die Sonne schien. Als sie gestern Abend völlig durcheinander und viel zu früh von ihrem Date mit Claus zurück-

kam, war Saskia erschrocken über ihren Zustand. Dass etwas passiert sein musste, war für sie sofort klar gewesen.
„Was hat er dir angetan?", hatte sie vorsichtig gefragt.
Judy sah sie erstaunt an.
„Nichts. Wie kommst du denn darauf?"
Dann erzählte sie Saskia, was an dem Abend geschehen war, als sie gemütlich in dem griechischen Restaurant gesessen und sich über ihren Erfolg gefreut hatten. Saskia war schockiert. Jeden Tag liest man in den Zeitungen von all den schrecklichen Dingen, die auf dieser Welt geschehen. Man denkt eine Zeit lang darüber nach und geht dann wieder in den normalen Alltag über. Mit diesem Fall beschäftigten sich die beiden Freundinnen allerdings schon eine Weile und waren froh, dass der Täter inzwischen verhaftet worden war. Jetzt war es aber nicht mehr nur eine Schlagzeile in einer Zeitung, die einen für Momente erschauern lässt. Durch Claus' persönliche Beteiligung war für sie das Grauen mit einem Male zu Realität geworden. Wie nahe der Fall noch an sie herankommen sollte, wussten sie zu diesem Zeitpunkt allerdings nicht...
Claus rief in den darauffolgenden Tagen immer wieder an, er machte sich Sorgen um Judy. Bisher blockte sie seine Anrufe ab. Saskia schaute sich das für eine Weile an, dann übernahm sie die Initiative und vereinbarte mit ihm einen Termin für das kommende Wochenende und überredete Judy mitzukommen. Judy erklärte sich schließlich dazu bereit, gemeinsam mit ihr in die Kampfsportakademie zu gehen. Sie wollte ihr Training auffrischen und Saskia wollte endlich lernen, wie man sich in einer Notsituation verteidigen kann.

15

Werner saß müde an einem der kleinen Tische in der Kantine des Polizeipräsidiums. Er schob seinen halbvollen Teller zur Seite. Der Fall Bischofshol verdarb ihm seinen Appetit. Das Gespräch mit Dennis' Vater war wie erwartet verlaufen. Es ist doch sehr hilfreich, einen Anwalt in der Familie zu haben. Nachdem Werner ihn mit den Vorwürfen gegen seinen Sohn konfrontiert hatte, verhielt er sich vorerst reserviert. Tatsächlich befand sich der missratene Sprössling nach seinen Angaben derzeit im Ausland, was die Aussage von Hakan zumindest bestätigte. Wenn man die Daten seiner Abreise und die der Veröffentlichung in den Medien verglich, war es klar, dass er sich schnell abgesetzt hatte. Die Dringlichkeit, ihn sofort nach Hannover zu beordern, sah der Herr Anwalt zunächst nicht. Erst als Werner ihm sagte, dass ein Haftbefehl für Dennis vorliegen würde, versprach er, seinen Sohn persönlich aufs Revier zu bringen. Von dem Wahrheitsgehalt der Aussage Hakans war er allerdings nicht überzeugt. Werner hatte überlegt, ob er sich darauf einlassen sollte. Er empfand es in dem Moment als die richtige Entscheidung. Wenn er eine Fahndung herausschicken würde, bestünde Fluchtgefahr. Tatsächlich hielt er sich an sein Versprechen und erschien ein paar Tage später gemeinsam mit seinem Sohn in Werners Büro. Dennis bestritt anfangs die aktive Beteiligung an der Vergewaltigung. Das nützte ihm aber nichts. Die DNA-Probe bewies eindeutig seine Mittäterschaft. Dennis hatte aufgehört zu leugnen und ein vollständiges Geständnis abgelegt, das mit dem von Hakan übereinstimmte. Werner war froh, dass Paula dadurch die Gegenüberstellung mit ihren Peinigern erspart geblieben war. Er musste oft an sie denken. Werner wusste, wie schlimm es für sie werden würde, wenn ihre Erinnerungen irgendwann zurückkehrten. Eine Sache bereitete ihm allerdings Kopfschmerzen. Bisher hatten Dennis und Hakan bestritten, dass eine weitere Person an der Tat beteiligt gewesen war. Wen wollten sie schützen? Gab es tatsächlich diesen mysteriösen Unbekannten, der sich dieses abscheuliche Verbrechen nicht entgehen lassen wollte? Es machte alles keinen Sinn. Werner riss ein kleines Papiertütchen auf und schüttete den Zucker in seinen Kaffee.

„Hallo, René", wurde er von einem älteren Mann aus seinen Gedanken gerissen. „Ich hab dich schon gesucht. Wie geht es dir? Darf ich mich zu dir setzen?"

Erfreut begrüßte Werner seinen alten Kollegen. Dr. Klein leitete die forensische Abteilung des LKAs.

„Aber gerne. Ich dachte, du wärst schon längst in deinem wohlverdienten Ruhestand."

„Ein paar Monate dauert es noch. Das sitze ich aber auf der linken Arschbacke ab. Außerdem werden wir meine ‚Freilassung' ja wohl noch ordentlich feiern."

Er stellte einen Teller mit dampfenden Nudeln auf den Tisch, setzte sich auf den ihm angebotenen Stuhl und begann die Nudeln mit der Tomatensoße zu vermischen. Gekonnt wickelte er die Spaghetti um seine Gabel, schob sie sich in den Mund und verzog gleich darauf sein Gesicht zu einer Grimasse.

„Man sollte den Koch verhaften. Dieser klebrige Matsch ist alles andere als al dente", beschwerte sich der Arzt. „Sag mal, gibt es eigentlich was Neues in dem Fall ‚Bischofshol'? Ist ja eine schreckliche Geschichte. Meine Enkelin ist in demselben Alter wie das Opfer. Wenn ihr jemand so etwas angetan hät-

te..." Er wollte es nicht weiter ausführen. „Also, weshalb ich dich sprechen wollte", setzte er schließlich das Gespräch fort, „ich hab mir mal die Untersuchungsergebnisse angesehen, die David auswerten sollte. Dabei bin ich über etwas gestolpert. Man hat dem Mädchen doch einen Buchstaben in ihren Oberschenkel geritzt. Wurde sie vielleicht gebrandmarkt?"
„Wir vermuten, dass es sich um eine Beziehungstat handelt."
Werner überlegte einen Moment.
„Allerdings bringst du mich da auf eine Idee. Vielleicht wollten die Kerle sie auf den Strich schicken. Wir konnten inzwischen zwei der Täter verhaften. Ihre Geschichte hört sich aber nicht besonders glaubhaft an. Wir werden sie uns wohl noch einmal vorknöpfen müssen."
Dr. Klein beugte sich etwas vor.
„Wie auch immer. Jedenfalls erinnerte mich diese Kennzeichnung an einen ungelösten Fall, der etwa zwei Jahrzehnte zurückliegt. Die Parallele zu dem neuen Fall veranlasste mich, mir die alte Akte schicken zu lassen. In Bad Brückenau, auf dem Dreistelzberg, wurde in der Nähe vom Aussichtsturm eine weibliche Leiche gefunden. Irgendjemand hatte wie ein Wahnsinniger auf die Frau eingestochen. Bis heute konnte sie nicht identifiziert werden. Ein hessischer Kollege, den ich aus meiner Studienzeit kenne, fragte mich damals um Rat. Vergewaltigt wurde sie allerdings nicht, aber man hatte ihr mit einem Messer das Wort ‚Bereue' im oberen Bereich ihres linken Beines eingeritzt."
„Das ist ja nicht zu fassen! Besorgst du mir bitte die Akte?"
Die beiden Männer standen auf, um sich zu verabschieden. Dr. Klein klopfte Werner auf die Schulter.
„Mache ich, du hast sie noch heute auf deinem Tisch liegen."

Kommissar Werner saß gerade in eine Akte vertieft an seinem Schreibtisch, als Lussano ins Büro kam.
„Eigentlich wollte ich dich zum Mittagessen einladen, scheint aber spannend zu sein, was du da gerade liest", unterbrach er ihn beim Lesen und setzte sich geräuschvoll auf einen Stuhl.
„Du wirst nicht glauben, was ich hier habe."
Werner erzählte ihm von dem Gespräch mit Dr. Klein.
„In Bad Brückenau wurde vor etwa zwanzig Jahren eine weibliche Leiche gefunden. Sie war übel zugerichtet. Mit mehr als vierzig Messerstichen hatte man sie niedergemetzelt. Ihr Gesicht war bis zur Unkenntlichkeit verstümmelt. Der Mörder hatte wie ein Wahnsinniger auf sie eingestochen. Und jetzt kommt's! Auf dem linken Oberschenkel des Opfers wurde das Wort ‚Bereue' tief in die Haut eingeritzt. Jetzt sieh dir mal das Foto an. Das ‚B' hat etwa die gleiche Form wie das auf dem linken Oberschenkel von Paula Winkler. Man weiß übrigens bis heute nicht, wer diese Frau ist."
Lussano sah sich das Bild eine Weile an.
„Das könnte aber auch ein Zufall sein. Irgendwie passen die beiden Fälle nicht wirklich zusammen. Wurde sie auch vergewaltigt?" Werner verneinte. „Denk doch mal nach", setzte Lussano seine Überlegungen fort. „Hakan und Dennis liefen zum Zeitpunkt der Tat noch in Windeln herum. Außerdem haben wir doch das Geständnis von Hakan, und Dennis hat inzwischen die Aussage von ihm bestätigt. Der Fall ‚Bischofshol' wäre damit also geklärt."
Werner rieb sich mit beiden Händen über sein Gesicht.
„Das weiß ich auch. Ich hab da aber so ein komisches Grummeln im Magen."
„Du hast Hunger. Komm, lass uns was essen gehen."

Lussano stand auf.

„Nein, warte mal… Da war doch noch dieser vierte Schuhabdruck, den die Spurensicherung gefunden hatte. Entweder stimmt die Geschichte doch, die uns die beiden aufgetischt haben, oder sie decken eine weitere Person."

„Dann lass uns doch mal was rekonstruieren", überlegte Lussano. „Die eine Möglichkeit wäre, außer ihnen war tatsächlich ein Dritter mit von der Partie. Die drei haben Paula zufällig im BrauHouse getroffen und sind dann spontan auf die Idee mit der Entführung gekommen. Sie haben sie in die Eilenriede verschleppt und sind über sie hergefallen. Vielleicht fängt der Vorname der dritten Person mit B an und er wollte seine Marke setzen. Wie pervers das ist, brauchen wir hier nicht zu diskutieren. Als die beiden Spaziergänger immer näher kamen, sind alle davongelaufen. Die zweite Variante wäre, Hakans und Dennis Version stimmt doch. Der Unbekannte wusste genau, wer Paula ist, benutzte die beiden als Handlanger und beobachtete das schreckliche Szenarium aus der Ferne. Nach der Vergewaltigung verlassen Dennis und Hakan den Tatort. Unser Unbekannter schleicht sich zu der bewusstlosen Paula Winkler mit der Absicht, sie zu töten und ihr anschließend, wie bei dem Mord vor zwanzig Jahren, eine Nachricht auf ihrem Oberschenkel zu hinterlassen."

„Der Unbekannte müsste dann aber wesentlich älter als Dennis und Hakan sein", spann Werner den Faden seines Kollegen weiter. „Eventuell gibt es eine Verbindung zwischen Paula Winkler und der Toten aus Bad Brückenau. Da sollten wir ansetzen. Wir brauchen von ihr unbedingt eine Liste mit den Namen ihrer Verwandten, Freunde und Bekannten. Vielleicht wurde sie in der Vergangenheit belästigt oder bedroht. Viel-

leicht handelt es sich ja auch um einen Serientäter. Such doch bitte mal alle Fälle aus den letzten zwanzig Jahren heraus, bei denen es irgendeine Übereinstimmungen gibt."
Lussano setzte sich an seinen Schreibtisch und fing sofort an zu recherchieren.

16

Paula war froh, als sie endlich das Krankenhaus verlassen durfte. Ihre Tante und ihr Onkel brachten sie nach ihrer Entlassung zurück in ihre WG. So richtig glücklich waren sie nicht damit. Ihre Tante hätte sie am liebsten bei sich gehabt und wollte sie gerne verwöhnen. Paula entschied sich dagegen. Auch die Therapeutin riet ihr, in den Alltag zurückzukehren. Sie sollte aber weiterhin regelmäßig zu ihr kommen und meinte, es wäre wichtig, ihre Erinnerungen, eventuell sogar mit Hilfe einer Hypnose, hervorzuholen. Paula wollte aber den Tag für immer aus ihrem Gedächtnis streichen. Warum sollte sie sich an all die grausamen Einzelheiten erinnern? Sie wollte ihre Zukunft genießen. Alles würde jetzt gut werden. Sie hatte ihren Vater gefunden, den sie ihr ganzes Leben lang vermisst hatte. Konrad hatte ihr versprochen, einen Detektiv für die Suche nach ihrer Mutter zu beauftragen. Er hatte ihr von früher erzählt, als sie noch eine richtige Familie gewesen waren. Wie glücklich er war, als sie das erste Mal Papa zu ihm gesagt hatte, oder wie sie bei ihren ersten Gehversuchen immer wieder auf den Po gefallen war, das Gesicht zum Weinen verzogen und es dann doch so lange versucht hatte, bis sie endlich laufen konnte. Paula erinnerte sich sogar noch daran, dass sie einmal unbedingt alleine in dem Feuerwehrauto eines Karussells sitzen wollte, weil man darin mit einer Glocke bimmeln konnte. Konrad hatte große Pläne mit ihr. Er wollte sich von seiner Frau trennen und mit Paula irgendwo hinziehen, wo die Sonne immer scheinen würde. Irgendwie tat Maren ihr leid. Konrad meinte, das brauche es nicht, ihre Ehe wäre schon seit Langem nur noch eine Farce. Paula träumte davon, gemeinsam mit ihren Eltern ein sorgloses Leben unter Palmen zu führen, so wie die Hippies in den sechziger Jahren. *Love and Peace.* Sie lachte glücklich und beschloss, ein paar Songs aus der Flower-Power-Zeit herunterzuladen...

Ihre Träume wurden durch das Klingeln an der Wohnungstür unterbrochen. Als Paula sie öffnete, sah sie auf einen großen, bunten Blumenstrauß.

„Ich wollte mal sehen, wie es Ihnen geht", sagte die Stimme dahinter.

„Frau Schuhmacher! Das ist aber eine Überraschung. Vielen Dank für den wunderschönen Strauß. Kommen Sie doch herein und setzen Sie sich. Darf ich Ihnen etwas anbieten? Kaffee, Tee oder lieber ein Glas Cola?"

„Cola hört sich gut an", endschied sich Maren.

Paula ging in die Küche, nahm eine Vase aus dem Schrank, füllte sie mit Wasser und stellte den Blumenstrauß hinein. Ihr war der überraschende Besuch unangenehm, es wäre ihr lieber gewesen, wenn Maren sie vorher angerufen hätte. In einer Stunde wollte Konrad sie abholen, er hatte sie zu einer Spritztour nach Hamburg eingeladen. Die beiden durften auf keinen Fall zusammentreffen. Paula stellte die Vase auf den Tisch und holte anschließend die Getränke.

„Sie sehen ja aus wie ein verschrecktes Kaninchen", amüsierte sich Maren. „Ich fresse Sie schon nicht auf." Sie musterte Paula nachdenklich. „Ich gratuliere Ihnen, Ihr Ziel haben Sie ja jetzt erreicht", sagte sie leise.

„Es tut mir so leid, bitte verzeihen Sie mir. Ich bin so wütend auf mich selbst. Hoffentlich renkt sich zwischen Ihnen und meinem Vater alles wieder ein. Für mich ist es sehr wichtig, auch zu Ihnen ein gutes Verhältnis zu haben", sagte Paula fast bittend.

„Warten wir es ab. Man sagt ja, die Zeit heilt alle Wunden. Als Ehemann ist Konrad ein Versager, vielleicht haben Sie als Tochter mehr Glück mit ihm. Ich bin gekommen, um mich von Ihnen zu verabschieden." Maren stand auf und gab ihr die Hand. „Passen Sie gut auf sich auf."

Paula war erleichtert, dass das Gespräch so glimpflich verlaufen war, und froh, dass sie ihren Vater jetzt für sich allein haben durfte.

Konrad hatte noch etwas Zeit, bevor er Paula abholen konnte. Als er am Bertha-von-Suttner-Platz vorbeifuhr, fiel ihm ein, dass dort vor ein paar Jahren eine Namensänderung vorgenommen wurde. Früher war das hier noch der Karl-Peters-Platz, von allen liebevoll KallePe genannt. Er entschloss sich, anzuhalten und sich für einen Moment hinzusetzen. An diesem warmen Sommertag war der Spielplatz voller Kinder. Mütter saßen auf den Bänken oder am Rand des Sandkastens. Auf der Wiese spielten ein paar Jungs Fußball. Konrad beobachtete wehmütig die spielenden Kinder. Seine Gedanken wanderten in die Vergangenheit.

Anna und er hatten oft auf dieser Bank gesessen, auf der er jetzt alleine saß. Zuhause hatte sie dann immer einen kleinen Picknickkorb vorbereitet, Saft für Paula und eine große Kanne Kaffee für die beiden Erwachsenen mitgenommen. Er sah sich selbst mit Paula im Sandkasten sitzen, die mit einer roten Schaufel eine Plastikform mit Sand füllte. Er tat dann immer so, als würde er den „Kuchen" essen, den sie extra für ihn „gebacken" hatte. Anna hatte ihnen dabei lachend zugeschaut.

Sie hatte die wenigen Momente genossen, die sie gemeinsam verbringen durften.
Konrad fühlte sich plötzlich uralt. Was hatte er bloß aus seinem Leben gemacht? Es hätte anders verlaufen sollen. Was nützte ihm heute das ganze Geld. Er hatte so viele Menschen verletzt und unglücklich gemacht. Wenn er es könnte, würde er noch einmal von vorne beginnen. Ein Ball traf ihn fast ihm Gesicht, er fing ihn gerade noch rechtzeitig und stand auf. Ein etwa zwölfjähriger Junge mit roten Wangen und verschwitzen Haaren lief auf ihn zu. „Sorry", sagte er verlegen und fing den Ball geschickt auf, den er ihm zurückwarf.
Konrad setzte sich wieder hin, schlug seine Beine übereinander und verschränkte die Arme hinter dem Kopf. Seine Gedanken schweiften erneut in die Vergangenheit.
Sein beruflicher Aufstieg begann erst richtig mit dem ersten Fitnesscenter in Hamburg. So viele weitere wurden in den letzten drei Jahrzehnten von ihm eröffnet. Ursprünglich kam er aus einfachen Verhältnissen, wollte aber schon sehr früh ganz weit nach oben und viel Geld besitzen, um sich alle Wünsche erfüllen zu können. Sein Ehrgeiz brachte ihm den Erfolg. Heute saß er einsam auf der Bank eines Spielplatzes und beobachtete fremde Familien. Er sehnte sich nach Anna.

Die erste Begegnung mit ihr fand in seinem Fitnessstudio statt und war eher peinlich, zumindest für sie. Im Umkleideraum für Frauen war das Schloss eines der Spinde kaputt. Ohne anzuklopfen, betrat er eilig den Raum. Eine junge Frau schrie erschrocken auf und versuchte, ihre Brüste mit einem Handtuch notdürftig zu verdecken. Er entschuldigte sich für den Überfall, machte aber keine Anstalten, den Raum zu verlassen.

„Wollen Sie mir weiter dabei zusehen, wie ich mich ausziehe?", fragte sie ihn wütend. Ihre braunen Augen schossen kleine Blitze in seine Richtung.
„Wenn ich darf?", antwortete er frech.
Anna ließ langsam das Handtuch nach unten gleiten und sah ihn für ein paar Sekunden nur an.
„Reicht das jetzt?", fragte sie ihn ganz ruhig.
„Fürs Erste ja", grinste er, trat dann aber doch lieber den Rückzug an, bevor sie ihm irgendetwas an den Kopf werfen konnte. Später traf er sie am Tresen wieder. Er entschuldigte sich für seinen Auftritt und stellte ihr einen Eiweißshake auf die Tischplatte.
„Begraben wir das Kriegsbeil?"
„Howgh!", antwortete sie und prostete ihm zu.
„Wollen wir nochmal von vorne anfangen? Ich heiße Konrad."
„Anna", antwortete sie ihm lachend.
Sie wusste anfangs nicht, wer er ist, und auch nicht, dass er bereits verheiratet war. Er verliebte sich schnell in ihr unkompliziertes, fröhliches Wesen…
Auch Maren war früher eine unbeschwerte junge Frau gewesen. Ihre Unbeschwertheit verlor sie bei dem Verlust ihres ersten Kindes. Obwohl auch er sich eigentlich auf das Baby gefreut hatte, musste er sich eingestehen, dass er nicht allzu traurig darüber gewesen war. Sie begannen gerade ihre gemeinsame Zukunft aufzubauen. Für ein Kind war es einfach noch zu früh gewesen. Seine Einstellung hatte sie zutiefst verletzt, sie hatte sich immer mehr von ihm zurückgezogen.
Mein Gott, war sie glücklich, als sie kurz vor der Hochzeit wieder schwanger wurde, dachte Konrad wehmütig. Sie fand nur kurz zu ihrer Lebensfreude zurück, als das Schicksal ihnen

auch das zweite Kind nahm. Natürlich litt er unter dem Verlust, zeigte es ihr aber nicht. Maren fiel in ein tiefes Loch und er ließ sie dort allein zurück. Er fing erneut an, mit anderen Frauen auszugehen und sie immer wieder mit ihnen zu betrügen. Da er dabei diskret vorging, glaubte er, sie würde es nicht bemerken. Es gab immer wieder unschöne Szenen in ihrer Ehe. Als sie begann, regelmäßig zu trinken, stieß ihn das ab. Oft provozierte er einen Streit, um einen Grund zu finden, abzuhauen. Wie viele Male warf sie verzweifelt ihren Ehering nach ihm, verlangte die Scheidung. Er schämte sich jetzt dafür, wie aggressiv er dann auf sie losgegangen war. Nach Marens erster Entziehungskur versprach sie ihm, nie wieder Alkohol zu trinken, und er versprach, ihr treu zu bleiben. Ihm fiel es jedoch schwer, all den Versuchungen zu widerstehen. Es war aber nie seine Absicht gewesen, Maren zu verlassen, bis zu dem Tag, an dem er Anna kennenlernte. Er hatte sich in sie verliebt, so etwas war ihm vorher noch nie passiert. Maren musste es sofort gespürt haben. Sie kämpfte mit allen Mitteln um den Erhalt ihrer Ehe.

Auch Anna hatte Angst, ihn zu verlieren. Sie fing an, ihn unter Druck zu setzen, verlangte eine Entscheidung von ihm. Zu Hause spielte er den braven Ehemann, schob aber wichtige Geschäftsreisen vor, um die Zeit mit Anna verbringen zu können, die er wiederum ständig vertröstete. Dann wurde Anna schwanger. Die Geburt von Paula veränderte plötzlich alles. Dieses kleine Mädchen hatte sein Herz im Sturm erobert. Er war nun bereit, endlich reinen Tisch zu machen, und wollte sich von Maren scheiden lassen. Er versuchte es ihr schonend beizubringen. Sie hielt sich ihre Ohren zu, wollte nichts davon hören. In ihrer Verzweiflung flehte sie ihn an, mit ihr zu einem

Eheberater zu gehen. Obwohl es für ihn keinen Sinn ergab, ließ er sich dennoch darauf ein. Er war zu schwach, um endlich die richtige Entscheidung treffen zu können. Jetzt fing Anna an, ihm zu drohen. Sie wollte ihn mit Paula verlassen, falls er nicht endlich zu ihr stehen würde. Er hatte das Gefühl, als habe man ihm Seile an seine Arme gebunden und jede der beiden Frauen zog ihn in ihre Richtung, um ihn letztendlich zu zerreißen.

Eines Tages gab es wieder einen Streit, der furchtbar eskalierte. Maren und er hatten zu viel getrunken. Sie fing an ihn zu provozieren und zu beleidigen. Ihm rutschte die Hand aus. Ihre Augen waren vor Schreck weit aufgerissen, dann stürzte sie sich wie eine Hyäne auf ihn und schlug mit ihren kleinen Fäusten auf ihn ein. Er versuchte erfolglos, sie abzuwehren, und beide landeten in diesem unwürdigen Kampf auf dem Teppichboden. Mit einem Male begann Maren ihm sein Hemd zu zerreißen und ihn wild zu küssen. Sie fielen wie die Tiere übereinander her und vögelten sich ihren Schmerz aus der Seele...

Maren wurde zum dritten Mal schwanger. Überglücklich fing sie an, Pläne zu schmieden. Sie beauftragte eine Innenarchitektin, die ein Kinderzimmer nach ihren Vorstellungen einrichten sollte. Es wurden kartonweise Babysachen geliefert, die sie liebevoll in die Schränke einräumte. Er schaute ihrem Treiben verzweifelt zu. An einem der Nächte, an denen er zurück aus Annas Bett unter seine Decke schlüpfen wollte, setzte sich Maren wütend auf und fing an, ihn derbe zu beleidigen. Sie ahnte, dass er bei einer anderen Frau gewesen war. Konrad hatte keine Lust, sich wieder zu streiten, und drehte sich auf die Seite. Er wollte einfach nur seine Ruhe haben.

Ihr entsetzter Aufschrei ließ ihn dann herumwirbeln und er sah das Blut aus ihrem Schoß fließen. Maren schrie wie von Sinnen. Erst der Notarzt konnte sie für eine Weile wieder ruhigstellen. Nach ihrer Entlassung aus dem Krankenhaus tabuisierten sie das, was geschehen war. Konrad wusste, dass sie ihm die Schuld dafür gab, keine Kinder mehr bekommen zu können. Das Kreuz musste er nun sein Leben lang tragen. Ihre Ehe war am Ende, das wurde jetzt auch Maren klar. Trotzdem schafften sie es nicht, endlich einen Schlussstrich unter ihre Ehe zu ziehen.

Anna hatte er alles erzählt. Sie akzeptierte eine Weile seine Unentschlossenheit, bis auch sie die Geduld verlor. Ein paar Tage bevor sie für immer verschwand, setzte sie ihm ein Ultimatum, auf das er mal wieder nur mit Ausflüchten reagiert hatte. So wütend hatte er sie noch nie erlebt. Es war ihr erster und letzter großer Streit, seitdem sie zusammen waren. Anna beschloss, ihr Leben allein in die Hand zu nehmen. Sie lief davon und er sah sie nie wieder. Anfangs suchte er noch den Kontakt zu Paula. Als der ihm von ihren Verwandten verboten wurde, zog er sich zurück. Er redete sich ein, dass es das Beste für seine Tochter sei. Er hatte feige den Kampf um Anna und Paula aufgegeben und war reumütig zu Maren zurückgekehrt.

Das Schicksal gab ihm nun eine zweite Chance, die er nutzen wollte. Er war bereit, sich endgültig von Maren zu trennen. Nie wieder würde er Paula verlassen, die er gerade erst wiedergefunden hatte. Er freute sich darauf, ihr die Welt zu Füßen zu legen, und war ihr unendlich dankbar dafür, dass sie ihn nicht zurückwies.

Langsam löste sich seine Anspannung. Er stand auf, ging zu seinem Auto, setzte sich hinter das Steuer und fuhr los. Es wurde Zeit, nach vorne zu schauen.

Paula machte große Augen, als Konrad in einem schwarzen Porsche mit offenem Verdeck vorfuhr. Sie hatte schon ungeduldig auf ihn gewartet und stieg sofort zu ihm ins Auto. Das Wetter passte zu ihrer guten Laune. Sie strahlte mit der Sonne um die Wette und genoss den Fahrtwind auf ihrem Gesicht. Konrad beobachtete sie immer wieder verstohlen von der Seite. Sie sah ihrer Mutter nicht nur unglaublich ähnlich, sie hatte auch die gleiche Art, sich zu bewegen.
„Welche Musik hörst du gern?", fragte er sie.
„Ist eigentlich egal. Soll ich einen Sender aussuchen?" Konrad nickte. „Das habe ich nicht gehört", rief sie laut und beide lachten. Paula entschied sich für den Rocksender Radio21.
„Wie ich sehe, haben wir scheinbar denselben Geschmack."
Paula wippte zu den Takten der Musik. Der Wind zerzauste ihre Haare, sie strich sich eine lange blonde Strähne aus ihrem Gesicht.
„Ich glaube, wir schließen lieber das Verdeck, sonst fliegst du Leichtgewicht mir noch davon."
Er setzte den Blinker und fuhr rechts ab in die Ausfahrt zur Raststätte Allertal Ost. Mit einem Knopfdruck war das Verdeck schnell wieder geschlossen. Paula nutzte die kleine Pause, um auf die Toilette zu gehen. Dann wurde die Fahrt nach Hamburg fortgesetzt. Je schneller Konrad fuhr, desto lauter jubelte sie. Konrad wünschte sich, dass ihre Unbeschwertheit nie ganz verloren ginge. Er würde ihr viele schöne Erinnerungen verschaffen, damit die schrecklichen nicht die Oberhand

ergreifen konnten. Er fürchtete sich vor dem Tag, an dem sie die grausame Tat realisieren würde. Er wusste aber, dass es passieren musste, damit sie hoffentlich irgendwann damit abschließen konnte. Die Täter werden sich wünschen, niemals diese Tat begangen zu haben, dafür wollte er sorgen. Heute würde er erst einmal seine Kreditkarte zum Glühen bringen.
In Hamburg angekommen, fuhren sie zum Jungfernstieg und fanden dort schnell einen Parkplatz.
„Das fängt ja schon gut an", lachte Konrad. „Normalerweise dauert es Stunden, bis man einen findet. Los, steig aus und lass uns shoppen gehen."
Paula schaute sich interessiert um.
„Ist das die Alster?", fragte sie schüchtern. „Ich war noch nie in Hamburg."
„Na, da haben wir ja noch eine Menge nachzuholen. Das nächste Mal bleiben wir für ein paar Tage hier und dann lernst du diese tolle Stadt kennen. Weißt du was? Wir gehen ein bisschen am Ufer entlang und trinken irgendwo einen Kaffee."
Paula stimmte erfreut zu.
Später flanierten sie durch die Passagen der Einkaufsstraße am Neuen Wall. Paula war überwältigt von der Ansammlung internationaler Modelabels, stand mit offenem Mund vor den Schaufenstern der Edelboutiquen und bewunderte die teuren Auslagen. Konrad musste sie dazu überreden, mit ihm hineinzugehen. Eine elegante Verkäuferin kam lächelnd auf die beiden zu. Konrad bat sie, seiner Tochter bei der Auswahl passender Bekleidung zu helfen und setzte sich in einen der breiten Sessel. Er genoss es, wie Paula aufgeregt die Stoffe befühlte, Kleider und Hosen anprobierte, wie ein Modell lachend vor ihm auf und ab ging, sich dabei drehte und ihn fragend an-

sah. *Sie ist so wunderschön!* Konrad strahlte sie glücklich an. Er hätte am liebsten gleich alles für sie gekauft. Paula entschied sich dann aber nur für eine Jeans und ein T-Shirt von Gucci. Beim Hinausgehen bedankte sie sich bei ihm überschwänglich für die tollen Sachen.
Paula redete vor Aufregung ohne Punkt und Komma. Es war einfach nur herrlich, die Zeit auf diese Weise gemeinsam mit ihrem Vater zu verbringen. Sie schaute ihn von der Seite an. Er sah mit seinem kurzrasierten Haar und dem Dreitagebart sehr männlich aus. Sein durchtrainierter Körper steckte in einer engen Jeans, das weiße Hemd trug er lässig über der Hose. Sie konnte verstehen, warum die Frauen ihn mit ihren Blicken fast verschlangen, während sie von ihnen neugierig taxiert wurde. *Glauben die etwa, wir sind ein Paar*, dachte sie amüsiert und hakte sich bei Konrad unter. Sie bummelten auf der mehr als einen Kilometer langen Luxusstraße entlang, aßen zwischendurch eine Kleinigkeit in einem angesagten Restaurant und kauften anschließend weiter ein. Als Kavalier trug er die prall gefüllten Taschen bekannter Designer.
Bald wurde es Zeit, wieder nach Hause zu fahren. Auch der schönste Tag geht irgendwann einmal zu Ende.
„Kommst du noch mit rauf?", fragte sie Konrad, als er vor ihrem Haus anhielt.
„Gerne. Einer muss ja wohl die hundert Tüten nach oben schleppen."
„Dann mal los, alter Mann. Zeig mal, was du noch so drauf hast."
„Du bist ja ganz schön frech."
Paula holte lachend den Hausschlüssel aus ihrer Handtasche. Oben angekommen, wollte sie gerade die Wohnungstür auf-

schließen, als diese von innen geöffnet wurde. Zwei hübsche junge Frauen kamen ihnen entgegen.
„Hi, Paula! Wen bringst du uns denn da ins Haus?", fragte die eine kess und musterte Konrad interessiert von oben bis unten.
„Die mit der großen Klappe ist Franky und die stumme Statur, der gerade die Augen aus dem Kopf fallen, ist Kassandra", stellte Paula ihm ihre beiden Mitbewohnerinnen vor.
„Paula!", rief Kassandra empört.
Konrad grinste von einem Ohr zum anderen.
„Freut mich, Sie kennenzulernen, Franky und Kassandra." Er gab ihnen die Hand. „Ich bin…", setzte er an.
„Das ist mein Vater", unterbrach ihn Paula stolz.
„Wow! Väter sehen doch aber nicht soo aus", rief Kassandra überrascht.
Konrad freute sich sichtlich über das Kompliment.
„Wollt ihr nicht mit zum Expo-Gelände? Wir gehen in die Disco. ALLE sind heute da", fragte Kassandra hoffnungsvoll.
„Nee, lass mal. Ich bin total kaputt. Und nun haut schon ab, ihr zwei."
Paula wollte mit ihrem Vater alleine sein und schob ihre Freundinnen energisch aus der Tür. Widerwillig gingen sie die Treppe hinunter.
„Viel Spaß, und brecht nicht allzu viele Herzen", rief Konrad ihnen hinterher. Kichernd verschwanden sie nach unten.
Etwas später wurde es auch für Konrad Zeit zu gehen. Beim Abschied fragte er Paula, ob sie Lust hätte, ihn am kommenden Wochenende zu besuchen. Sie sagte erfreut zu.

17

Der Verkaufsabschluss für die Eigentumswohnung war reibungslos verlaufen. Maren hatte ihnen alle Vollmachten gegeben, um problemlos den Vertrag unter Dach und Fach bringen zu können. Das Geld war bereits überwiesen und die Provision war auch schon ihrem Konto gutgeschrieben worden. Heute wollten sie klären, wie es mit dem Verkauf der Villa weitergehen sollte.

Es klingelte. Judy öffnete die Wohnungstür und betrat dann zusammen mit Maren das Wohnzimmer. Die Begrüßung fiel wider Erwarten sehr herzlich aus. Bevor sie zu dem eigentlichen Grund ihres Besuches kamen, erzählte Maren ihnen von ihrem Urlaub auf Teneriffa. Sie schwärmte von der Finca am Meer, die sie sich dort gekauft hatte. Judy und Saskia wurden fast ein bisschen neidisch. Dann mussten sie ihr noch einmal ausführlich von dem Zusammentreffen mit Konrad berichten. Maren versicherte ihnen anschließend, dass sie nicht böse über den unglücklichen Verlauf der Besichtigung sei, schließlich wäre es ja auch nicht Saskias Schuld gewesen.

„Wie geht es jetzt weiter?", fragte Judy. „Ich meine, mit Konrad und der Villa?" Sie erzählte Maren von seinem cholerischen Anfall vor ein paar Tagen.

„Ich kann mich für diese peinliche Situation nur entschuldigen. Es ist mir wirklich sehr unangenehm, dass ich euch in meine privaten Probleme hineingezogen habe. Nun muss ich mich allein mit meinem Mann auseinandersetzen. Ihr kennt ihn nicht wirklich. Bei ihm ist mit allem zu rechnen. Wir sollten jetzt nichts überstürzen. Den Verkauf der Villa legen wir erst einmal auf Eis." Judy und Saskia schauten sich betroffen an. „Glaubt mir, es ist für alle Beteiligten besser so." Dann erzählte sie, was mit Paula geschehen war.

„Ich habe es irgendwie gewusst!", rief Judy aufgeregt. „In den Zeitungen wurde der Vorname des Opfers genannt. Zwar hatte ich es registriert, konnte aber nicht die Verbindung zu dir und Konrad erkennen. Als mir Claus von dem Abend berichtete, an dem er das Mädchen gefunden hat, ahnte ich eigentlich schon, um wen es sich dabei handeln könnte."

„Wer ist Claus und wieso hat er sie gefunden? Was hatte er überhaupt am Tatort zu suchen?" So aufgebracht, wie Maren darauf reagierte, hatten sie sie vorher noch nie erlebt.

„Glaubst du etwa, ER hätte ihr etwas angetan? Claus und ein Freund von ihm sind mit dem Hund in der Eilenriede spazieren gegangen. Wir können froh sein, dass die beiden sie gefunden haben. Sie wäre womöglich gestorben."

Maren beruhigte sich wieder.

„Nein, nein, das wollte ich damit gar nicht sagen. Die ganze Angelegenheit überfordert mich gerade ein bisschen. Ich sollte jetzt gehen. Vielen Dank für die tolle Zusammenarbeit, ihr habt mir sehr geholfen." Sie hatte es plötzlich sehr eilig, verabschiedete sich hastig und ließ Judy und Saskia verdutzt zurück.

Ein paar Tage später fuhren Saskia und Judy gemeinsam in die Kampfsportakademie. Dort wurden sie schon von Claus erwartet. Geduldig erklärte er Saskia die Grundregeln der Selbstverteidigung durch den direkten Körperkontakt und weckte damit ihren Ehrgeiz. Judy kämpfte erstaunlich professionell mit einem Bodyguard, der offensichtlich nicht nur ihre Tritttechnik bewunderte, und Saskia bewunderte ihre Freundin, wie sie diesen muskulösen Kerl ganz schön aus der Fassung brachte. Nach dem Training gingen sie in die Umkleidekabine und setzten sich erschöpft auf die Bank.

„Mir tun alle Muskeln weh, auch an den Stellen, bei denen ich bisher nicht wusste, dass ich da welche habe", stöhnte Saskia.

„Ich weiß, was du meinst. Aber Spaß hat es auf jeden Fall gemacht." Sie zogen sich aus und gingen unter die Dusche.

„Claus ist echt ein toller Trainer und vor allem sehr geduldig", schwärmte Saskia und wickelte sich ein großes Handtuch um ihre Hüften.

„Hey, Finger weg...", lachte Judy.

„Ach, du weißt schon, was ich meine. Er hat das alles super erklärt. Sogar ich habe die Prinzipien des Kampfsportes begriffen, und das will was heißen."

Judy verrenkte ihre Arme nach hinten und versuchte ihren BH zu schließen.

„So schlimm ist es nun auch nicht. Man lernt schon ziemlich schnell die wichtigsten Griffe. Du musst natürlich am Ball bleiben und auch zu Hause üben. Das werden wir jetzt gemeinsam tun."

Saskia stellte sich in Position.

„Dann machen wir bald ein paar böse Jungs fertig." Sie hob ihre Arme, ballte ihre Hände zu Fäusten und trat mit ihrem ausgestreckten Bein in die Luft. „Choiii Hing..."

„Ich hab dich wohl nicht hart genug rangenommen?", unterbrach sie eine männliche Stimme bei ihren Verrenkungen. Judy warf Claus ein nasses Handtuch an den Kopf, den er gerade durch die Tür gesteckt hatte. „Ist ja schon gut. Ich wollte euch nur fragen, ob ihr Lust habt, mit mir und meinem Freund zu McDonalds zu fahren."

„Wenn Saskia auch mitkommt, von mir aus, ja... Und jetzt verschwinde, du Spanner." Geräuschvoll schloss sie die Tür hinter ihm.

Judy summte leise vor sich hin, während sie Make-up auftrug. Saskia beobachtete sie interessiert. Im Spiegelbild trafen sich ihre Blicke.
„Was grinst du denn so dämlich?", schnauzte Judy sie an.
„Och, nur so…", antwortete Saskia scheinheilig und zog sich in aller Ruhe ihre Westernstiefel an. Judy setzte sich zu ihr. Sie wirkte mit einem Male sehr verwirrt.
„Ach, Schatz, ich weiß es wohl schon länger als du, was?" Saskia drückte ihr einen dicken Schmatzer auf die Wange. „Sobald Claus auftaucht, liegt ein Knistern in der Luft, und glaub mir, er ist verrückt nach dir."
„Meinst du wirklich?", fragte Judy leise und wirkte dabei wie ein kleines Schulmädchen.
„Hundertpro…" Saskia sprang auf, zog sie zu sich hoch und gab ihr einen Klaps auf ihren kleinen, strammen Po. „So, nun trau dich mal und schnapp ihn dir. Bist doch sonst nicht so schüchtern."
Judy fiel ihr um den Hals.
„Du bist die allerallerbeste Freundin meines Universums!", rief sie lachend und wirbelte Saskia überschwänglich herum.
„Das will ich auch hoffen, und nun komm, wir wollen die beiden Herren doch nicht länger warten lassen. Außerdem hab ich Hunger."
Nachdem Claus ihnen Thomas vorgestellt hatte, fuhren sie gemeinsam zu McDonalds. Thomas biss herzhaft in einen Big Mac.

„Und? Was gelernt?", fragte er kauend.
„Vor Judy musst du dich auf jeden Fall in Acht nehmen. Man merkt, dass sie es noch drauf hat", antwortete Claus für sie. „Den Abschluss der Oberstufe hattest du ja schon fast in der Tasche", wandte er sich jetzt an Judy. „Du bist nur ein bisschen aus der Übung, aber das kriegen wir bald wieder hin. Ich hoffe, du trainierst weiter und verschwindest nicht irgendwo im Nirwana so wie beim letzten Mal."
Judy sah verlegen in die Runde.
„Natürlich machen wir weiter, wir haben doch gerade erst angefangen", antwortete Saskia anstelle ihrer Freundin. „Wie habt ihr euch eigentlich kennengelernt?"
„Ach, das ist schon so lange her. Ich war damals erst sechzehn Jahre alt und kam mit einem Flyer in die Akademie. Wollte einfach mal was Neues ausprobieren", begann Judy zaghaft.
„So richtig Bock hattest du aber anfangs nicht, war dir alles zu anstrengend." Claus sah sie verschmitzt an.
„Und du warst ein arroganter Idiot. Du hast mich überhaupt nicht für voll genommen. Wolltest wohl mal sehen, wie lange die Kleine durchhält."
„Das hat dich aber scheinbar angespornt. Hast ja dann bewiesen, was für ein harter Knochen du bist."
„Nun hört mal auf, eure Altlasten aufzuarbeiten. Wie ging es denn nun weiter?" Saskia wollte es jetzt wissen.
Anfangs nahm Judy nur sporadisch an den Kursen für Anfänger teil. Als Claus ihr Talent bemerkte und ihr Einzelunterricht anbot, ließ sie sich nur wegen ihm darauf ein. Mit ihrem Ehrgeiz schaffte sie es sogar, ein paar Turniere zu gewinnen. Sein persönliches Interesse an ihr bemerkte sie allerdings nicht.

„Was hast du mir denn sonst noch so verschwiegen?", fragte Saskia überrascht.
„Mit meinen Fähigkeiten gehe ich halt nicht hausieren." Judy schob sich eine Pommes in den Mund. „Nun lasst die alten Geschichten ruhen. Mehr ist sowieso nicht zu berichten." Claus musterte sie nachdenklich, sagte aber nichts mehr dazu. Sie wechselten daraufhin zu unverfänglicheren Themen und alberten noch eine Weile herum, bis sie schließlich feststellten, wie spät es schon war. Beim Abschied hielt Thomas Saskias Hand etwas länger als nötig und auch sie sah keinen Anlass, ihre aus seiner herauszuziehen.

„Hat man da vorhin ein paar Schmetterlinge in deinem Bauch flattern hören?", feixte Judy später. Die beiden Frauen waren im Badezimmer, um sich für die Nacht fertigzumachen.
„Da hat wohl eher das XL-Burger-Menü ein paar Geräusche in meinem Magen verursacht", brummte Saskia in ihren nicht vorhandenen Bart.
„Schtu boch mich so…", nuschelte Judy.
„Nimm gefälligst die Zahnbürste aus dem Mund, wenn du mir was zu sagen hast", lachte Saskia. Sie dachte einen Moment lang nach. „Joa…, Thomas passt schon in mein persönliches Beuteschema. Mal gucken, was draus wird… Sag mal, warum hast du eigentlich mit dem Training aufgehört?"
Judy schaute Saskia versonnen an.
„Ich hatte mich damals in Claus verknallt, er scheinbar nicht in mich. Ich war ihm wohl zu jung. Mein Gott, ich war noch ein halbes Kind, hatte so viele Pläne. Träumte davon, um die Welt zu reisen... Jedenfalls bin ich dann irgendwann nicht mehr zum Training gegangen."

Nach ihrem Abitur hatte Judy beschlossen, ihre Verwandten in Kalifornien zu besuchen. Sie besorgte sich ein Ticket und flog nach Los Angeles. Von dort fuhr sie mit einem Greyhoundbus weiter nach Santa Barbara. Hier wohnte die Schwester ihres Vaters mit ihrer Familie.

Judy liebte nicht nur das sonnige, warme Mittelmeerklima dieser Gegend, sondern auch die Leichtigkeit der Menschen, die hier wie in den Siebzigerjahren lebten. Irgendwie schien die Zeit dort stehen geblieben zu sein. Sie schwärmte von den Bergen und dem Meer, in deren Mitte sich Santa Barbara befindet, und von der tollen Zeit, die sie dort verbringen durfte. Am liebsten hatte sie sich im City College aufgehalten, das auf einer Anhöhe am Pazifik liegt. Viele internationale Studenten, vor allem Mexikaner aus reichen Familien, begannen hier ihr Studium, um die englische Sprache zu perfektionieren. Als Deutsche war sie trotzdem eine Exotin gewesen und hatte das Interesse der anderen schnell auf sich gezogen. Bald bildete sich eine Clique aus den unterschiedlichsten Nationalitäten. Einer von ihnen kam aus Griechenland, er wohnte bei seinem Onkel und studierte Zahnmedizin. Costas und Judy wurden unzertrennlich. Mit ihm und einem mexikanischen Pärchen verbrachte sie ihre ganze Freizeit. Sie trafen sich bei ihnen zu Hause, fuhren ans Meer oder gingen gemeinsam zu Partys. Irgendwann wollte Costas mehr als nur herumzuknutschen. Judy war aber noch nicht bereit dazu. Er trennte sich dann auf eine ziemlich fiese Art von ihr. Sie zelebrierte ihren ersten Liebeskummer. Viel Zeit für Tränen hatte sie sich aber nicht genommen, dafür gab es einfach zu viele tolle Eindrücke, die sie in sich aufnehmen wollte. Ihr Aufenthalt in diesem wunderschönen Land war zu kurz, um Costas ewig nachzutrauern.

Eine Woche nach ihrer Rückkehr begann sie eine Ausbildung bei einem Immobilienmakler. In der Berufsschule lernten Judy und Saskia sich dann kennen. Sie verstanden sich gleich auf Anhieb... Na ja, und der Rest ist halt Geschichte. Die Freundinnen schwelgten noch eine Weile in ihren Erinnerungen, dann wurde es Zeit, schlafen zu gehen.

Am nächsten Morgen stand Judy schon sehr früh auf und wollte den Tag mit Joggen beginnen. Saskia hatte keine Lust mitzukommen, sie beschloss, ihren Tag ruhig angehen zu lassen.
„Bereitest du wenigstens das Frühstück für uns vor? Bin so etwa in einer Stunde wieder zurück."
„Mach ich. Ich hol uns auch nachher frische Brötchen vom Bäcker", antwortete Saskia und gähnte laut.
„Guter Einfall, du Schlafmütze, dann bewegst du heute wenigstens ein bisschen deinen Hintern."
„Hau schon endlich ab, ich bewege mich jetzt erst mal ins Bad."
Vor der Haustür dehnte Judy ihren Körper, um ihn aufzuwärmen, dann lief sie sich ein, bevor sie das Tempo erhöhte. Sie liebte es, wenn der Sauerstoff ihren Kopf freimachte und ihre Leistungsfähigkeit erhöhte. Die Musik aus ihrem MP3-Player trieb sie an, schneller zu werden. An der Bugenhagenkirche winkte sie einem frischvermählten Brautpaar fröhlich zu und lief weiter zur Hoppenstedt Wiese. Andere Jogger kamen ihr entgegen und grüßten sie freundlich. In der Eilenriede angelangt, entschloss sie sich, weiter geradeaus zu laufen, um dann einen Bogen zur Alten Bult zu schlagen. Die stampfenden Rhythmen von Tom Waits „Blood Money" übertönten das

Zwitschern der Vögel in den Bäumen. Sie wischte sich mit dem Handrücken die Schweißperlen von der Stirn. Das Haar klebte ihr in Strähnen am Gesicht. Judy änderte ihre Richtung. Die Stunde war schon fast um und sie hatte sich ein opulentes Frühstück verdient. Mit einem Male verspürte sie ein komisches Gefühl in ihrer Magengegend. Judy lief etwas langsamer, nahm die Kopfhörer ab und drehte sich um, konnte aber niemanden entdecken. *Jetzt siehst du schon Gespenster*, beruhigte sie sich selbst, setzte sich die Kopfhörer wieder auf und erhöhte das Tempo. Von Weitem erblickte sie durch die hohen Bäume eine Lichtung, die zur Wiese der Alten Bult führte, und lief darauf zu.

Schlagartig wurde ihr bewusst, dass sie nicht mehr alleine war. Sie spürte, wie sich ihre Nackenhaare aufrichteten, und begann schneller zu laufen. Aus den Augenwinkeln heraus sah sie, wie eine dunkle Gestalt hinter einem Baum hervorkam und auf sie zu sprintete. Bevor Judy reagieren konnte, stürzte sich der Unbekannte mit einem Sprung auf sie. Sie verloren das Gleichgewicht. Beide fielen zu Boden und wälzten sich auf der Erde. Judy kämpfte verzweifelt um ihr Leben. Es war ihr aber nicht möglich, sich aus der festen Umklammerung zu lösen. Plötzlich fühlte sie das kalte Eisen an ihrem Hals. Eine Welle aus Angst, Wut und Adrenalin schoss durch ihren Körper. Sie drückte sich gegen den Angreifer, stemmte ihre Füße in den Boden und schleuderte ihn dann mit ganzer Kraft gegen einen Baum. Judy sah noch, wie er in sich zusammenfiel, dann rannte sie los, so schnell sie konnte. Ihre Lunge brannte, der Schweiß rann ihr jetzt in Bächen über den Rücken. Endlich sah sie einen Spaziergänger auf sich zukommen.

„Hilfe! Bitte helfen sie mir!", schrie sie verzweifelt. Der Mann zögerte einen Moment und eilte dann zu ihr hin. Aus einer anderen Richtung liefen zwei weitere Männer auf sie zu. Einer von ihnen wählte sofort die Notfallnummer, die beiden anderen versuchten Judy zu beruhigen.

Die Polizei war schnell vor Ort. Innerhalb kürzester Zeit wurde der gesamte Bereich des Waldes abgeschirmt und mit Suchhunden durchforstet. Claus und Saskia liefen auf einen Krankenwagen zu. Zwei Polizisten versperrten ihnen den Weg. Erst nachdem sie ihre Ausweise vorgezeigt hatten, durften sie zu Judy. Nach Judys Anruf war Saskia sofort losgefahren. Von unterwegs aus hatte sie Claus angerufen, der eben fast zeitgleich mit ihr an dem Parkplatz des Kinderkrankenhaus auf der Bult angekommen war.

Hier war die Hölle los. Überall standen Einsatzwagen. Polizisten liefen herum und über ihnen kreiste ein Hubschrauber. Sogar die Reiterstaffel der Polizei Hannover war im Einsatz, in der Hoffnung, den Täter schnellstens zu finden.

Judy saß auf der Ladefläche des Krankenwagens und ließ sich von einem Notarzt behandeln. Der Schock stand ihr noch ins Gesicht geschrieben. Ganz blass war sie um die Nase. Sie wurde gerade von einer Polizistin befragt, die von ihr wissen wollte, ob sie den Täter erkennen konnte, was sie aber verneinen musste. Die Beruhigungsspritze tat langsam ihre Wirkung. Sie war so müde, schloss ihre Augen und wollte nur noch ins Bett.

„Geht's dir gut? Hast du ernsthafte Verletzungen? Oh mein Gott, das ist alles so schrecklich!"

Judy war zusammengezuckt, als Saskia plötzlich vor ihr aufgetaucht war und sie in die Arme nehmen wollte. Claus streichelte sanft ihre Wange.
„Dich kann man auch nicht alleine lassen", meinte er besorgt.
„Wie ich gehört habe, hast du dich ja tapfer geschlagen. Bist halt meine beste Schülerin."
Judy versuchte zu lächeln, fing dann aber an zu weinen.
„Warum ich? Warum hat er gerade mich ausgesucht? Die, die Paula überfallen haben, sitzen doch im Gefängnis. Ich wäre doch sonst nie alleine durch die Eilenriede gelaufen! Ich verstehe das alles nicht. Ich hatte solche Angst!"
Claus setzte sich zu ihr und legte behutsam seinen Arm um ihre Schultern.
„Das werden wir bald herausfinden. Die Polizei unternimmt alles, um diesen Verbrecher schnell zu fassen. Weit kann er ja noch nicht gekommen sein."
Die anwesende Polizistin versprach ihnen, sie auf dem Laufenden zu halten. Der Arzt wollte Judy stationär aufnehmen lassen, das lehnte sie aber rigoros ab. Vorsorglich gab er ihr eine Einweisung ins Krankenhaus mit. Claus und Saskia versprachen ihm, sie sofort in die Notaufnahme zu bringen, falls sich ihr Zustand verschlechtern würde, und fuhren anschließend mir ihr nach Hause.

18

Paula schaute erschrocken auf die Uhr und sprang schnell aus dem Bett. Wenn sie sich nicht beeilte, würde sie zu spät in die Praxis kommen. Mit ihrem Chef hatte sie nach ihrer Rückkehr ein langes Gespräch geführt. Er hatte ihr seine Unterstützung angeboten, falls sie Hilfe benötigen würde. Dafür war sie ihm sehr dankbar. Obwohl er ihr alle Zeit der Welt zugestand, beschloss sie, so schnell wie möglich in ihr normales Leben zurückzukehren. Was sollte sie auch zu Hause herumsitzen und grübeln. „Arbeit ist die beste Medizin", sagt doch ein altes Sprichwort. Paula war froh, wieder einen geregelten Tagesablauf zu haben. In der Arztpraxis war immer viel zu tun und mit ihren Kolleginnen bildeten sie ein super Team. Die hatten allerdings anfangs ein Problem mit dem, was ihr zugestoßen war, umzugehen. Sie redete mit ihnen darüber und bat um einen normalen Umgang mit ihr. Alle gingen erleichtert in den Alltag über.

Heute Nachmittag war sie mit ihrem Vater verabredet, er hatte sie in seine Villa eingeladen. In dem Haus war sie noch nie gewesen und war gespannt, wie er so lebte. Konrad wollte gemeinsam mit ihr etwas Schönes kochen. Er war doch immer wieder für eine Überraschung gut. Maren hatte sich weder bei ihm noch bei ihr gemeldet. Konrad beabsichtigte, alle Schlösser auszutauschen. Er fand heraus, dass sie bereits die Scheidung eingereicht und hinter seinem Rücken die Eigentumswohnung verkauft hatte. Fast bewunderte er ihre kaltblütige Vorgehensweise. Konrad plante nun seinerseits, eine Wohnung in einer anderen Stadt zu kaufen. Vielleicht sogar in Hamburg. Er meinte, Paula müsse unbedingt raus aus Hannover, und hoffte, dass dann die Wunden auf ihrer Seele schneller heilen würden. Er wollte mit allem abschließen, nichts mehr sollte sie an die gemeinsame Zeit mit Maren erinnern. Paula war es jedenfalls recht.

Endlich hatte sie Feierabend. Paula fuhr schnell nach Hause, zog sich um und bestellte sich ein Taxi. Sie war ganz aufgeregt, konnte es kaum erwarten, ihren Vater wiederzusehen. Der Taxifahrer fuhr zu der von ihr angegebenen Adresse und hielt vor der Villa an, in der die Schuhmachers wohnten. Der Fahrer schaltete das Taxameter aus und drehte sich zu ihr um.
„Das macht dann genau 8,00 Euro."
Paula nahm einen 10-Euroschein aus ihrem Portemonnaie und gab ihm das Geld.
„Stimmt so."
Er bedankte sich erfreut. Sie verabschiedete sich von dem netten Mann, stieg aus und der Wagen fuhr davon. Zögernd ging Paula auf das Eisentor zu. Sie war überwältigt von dem Anblick dieses hochherrschaftlichen Hauses mit dem parkähnlichen Garten. Paula gab sich einen Ruck und drückte auf die goldene Klingel.
„Na endlich, wird ja auch langsam Zeit", ertönte fröhlich die Stimme ihres Vaters aus dem Lautsprecher. Gleichzeitig öffnete sich das Tor. Paula ging den langen Kiesweg hinunter bis zur Eingangstür, die sofort temperamentvoll aufgerissen wurde.
„Komm rein in die gute Stube", begrüßte er sie herzlich.

Konrad hatte sich tatsächlich eine Schürze umgebunden. Paula amüsierte sich köstlich über den halbnackten Frauenkörper, der den vorderen Teil des Stoffes zierte.

„Die habe ich von meiner Männerrunde zum Geburtstag geschenkt bekommen", verteidigte er sich.

„Du siehst aber ganz schön albern darin aus."

„Freut mich, dass dir mein Aufzug gefällt."

Konrad schob sie lachend durch die Tür und führte sie in ein Wohnzimmer, das fast so groß war wie die gesamte Wohnung, die sie sich mit ihren Freundinnen teilte. In der Mitte des teuren Teppichs, gegenüber vom Kamin, befanden sich zwei breite Ledersessel und ein riesiges Sofa. Auf dem asymmetrischen Designertisch stand eine große Schale mit frischem Obst und in einer Ecke schräg gegenüber ein alter Schreibtisch mit einem dazu passenden Stuhl.

„Toll hast du es hier!"

Paula gefiel der geschmackvolle Mix aus antiken und modernen Möbeln, und Konrad freute sich über die Begeisterung seiner Tochter. Sie folgte ihm in den Küchenbereich, der durch einen großen Tresen vom Wohnzimmer abgeteilt war.

„Nachher zeige ich dir den Rest des Hauses, und nun wird hier gearbeitet, sonst gibt es nix zu essen."

„Jawoll, Herr Küchenchef, immer zu Ihren Diensten."

Beide lachten glücklich. Konrad legte seinen Arm um ihre Taille und drückte sie zärtlich an sich. Paula schaute verwirrt zu ihm hoch. Er ließ sie sofort wieder los und räusperte sich verlegen.

„Dann wollen wir mal loslegen. Du bist für den Salat verantwortlich. Ich begebe mich jetzt nach draußen und tue das, was ein Mann tun muss."

Die Situation entspannte sich langsam wieder.
Konrad hatte schon alles bereitgestellt. Paula nahm sich ein scharfes Messer und begann die Tomaten auf einem Holzbrett in kleine Scheiben zu schneiden. Konrad ging auf die Terrasse und legte ein paar riesige Steaks auf den Grill, er stand dabei mit dem Rücken zu Paula. Sie konnte sich nicht mehr einkriegen, als sie einen prallen Frauenhintern auf der Rückseite seiner Schürze erkannte. Es sah aber auch zu komisch aus.
„Gibt's bei dir eigentlich keine Musik?", rief sie ihm, immer noch lachend, zu.
„Auf dem Tisch liegt eine Fernbedienung, machst du bitte die Anlage an? Ich muss hier aufpassen, sonst gibt's Briketts", antwortete er ihr.
Paula ging zurück ins Wohnzimmer. Im Regal standen hunderte CDs. Sie entschied sich für Bob Marley und schob die flache, silberne Scheibe in den CD-Player. „No Women, no Cry..." ertönte es laut aus den Boxen. Konrad fiel fast die Gabel aus der Hand. Anna hatte diesen Song geliebt und ihn immer wieder gespielt. Er sehnte sich so sehr nach ihr. *Ich werde dich suchen, und wenn ich bis ans Ende der Welt gehen muss, um dich zu finden!*
Eine schwarze Gestalt beobachtete die beiden schon eine ganze Weile. Als der karibische Reggae-Sound erklang, wäre sie beinahe aus ihrem Versteck herausgestürmt, um dem Treiben ein für alle Mal ein Ende zu setzen. Sie musste sich aber gedulden, um den richtigen Moment abzupassen.

19

„Guten Morgen, René." Lussano sah seinen Kollegen besorgt an. „Sag mal, bist du krank? Siehst ja ganz schön fertig aus."
„Hab auch kaum geschlafen", brummte Werner. „Der Fall ‚Bischofshol' lässt mir immer noch keine Ruhe."
„Vielleicht ist das hier hilfreich." Lussano legte ihm ein Schriftstück auf seinen Schreibtisch. „Ich habe gestern Abend mal das Internet durchforstet. In Bad Brückenau gibt es massenweise Kliniken, einige aber erst seit ein paar Jahren. Die habe ich außer Acht gelassen und mir nur notiert, welche von denen schon seit mindestens zwanzig Jahren bestehen. Vielleicht war die unbekannte Tote dort zur Kur."
„Unsere hessischen Kollegen gingen damals denselben Überlegungen nach", antwortete ihm Werner skeptisch. „In der Akte findest du alle Namen der Patienten, Mitarbeiter der jeweiligen Kliniken und auch die der Aushilfskräfte, die vor dem Mord in den umliegenden Boutiquen, Restaurants, Cafés etc. gearbeitet hatten. Es wurde aber niemand vermisst. Vielleicht hat sie ja jemanden besucht. Ich finde, wir sollten uns doch erst einmal weiter um den aktuellen Fall kümmern."
„Wie du meinst, war auch nur so eine Idee. Hast du eigentlich nochmal mit Paula Winkler gesprochen?"
„Nur telefoniert. Da gibt es aber nichts Neues. Ihr Vater kümmert sich wohl jetzt ganz intensiv um sie."
„Das spricht ja für Herrn Winkler. Es ist wichtig für sie, vertraute Menschen um sich zu haben."
„Nicht Herr Winkler", belehrte Werner ihn. „Ein gewisser Herr Schuhmacher, er ist ihr leiblicher Vater. Mit dem hat sie scheinbar erst seit Kurzem Kontakt."

Lussano dachte nach.

„Die Winklers hatten doch von einer Auseinandersetzung gesprochen. Ein paar Wochen vor der Vergewaltigung kam es zu einem Eklat und ihre Nichte brach danach den Kontakt zu ihnen ab. Soweit ich mich erinnern kann, hatte sie zufällig etwas über ihre leiblichen Eltern herausgefunden und ihre Tante und ihren Onkel zur Rede gestellt. Sollten wir nicht mal bei der Familie ein bisschen tiefer graben?"

Werner war auf einmal hellwach.

„Paula Winkler hat mir heute Morgen eine Liste von jedem, mit dem sie irgendwann mal etwas zu tun hatte, gemailt. Die habe ich bereits ausgedruckt. Lass uns die Namen mit denen aus Bad Brückenau vergleichen."

Er hatte Paula angerufen und war mir ihr die Liste durchgegangen. Dabei hatte er erfahren, dass ihre Mutter vor über zwanzig Jahren plötzlich verschwand und nie wieder aufgetaucht war. Warum hatte ihn das nicht gleich stutzig gemacht?

Die beiden Kommissare versuchten die Puzzleteile zusammenzufügen. Werner sah mit einem Male überrascht hoch.

„Ich glaube, ich hab hier was." Er tippte mit dem Zeigefinger auf einen der Namen, der auf beiden Listen stand. „Maren ist die Ehefrau von Konrad Schuhmacher. Wie du inzwischen weißt, ist er der Vater von Paula Winkler." Lussano nickte und hörte ihm weiter interessiert zu. „Frau Schuhmacher war im August 1996 in Bad Brückenau. Sie wurde damals in eine Klinik eingewiesen und dort aufgrund ihrer Alkoholprobleme psychotherapeutisch behandelt. Das kann doch kein Zufall sein."

„Meinst du etwa, bei unserer unbekannten Leiche handelt es sich um Paula Winklers Mutter und Frau Schuhmacher ging mit ihr in den Wald, um sie zu töten? Ist das nicht ein bisschen zu weit hergeholt?" Lussano wusste nicht, was er davon halten sollte. „Das macht doch irgendwie keinen Sinn. Warum sollte sie dann zwanzig Jahre später zwei Kleinganoven zu dem Überfall anstiften? Was für ein Motiv hätte sie überhaupt gehabt? Außerdem handelte es sich laut Hakan und Dennis um einen männlichen Unbekannten, der angeblich ihr Auftraggeber gewesen sein soll."

„Eifersucht? Vielleicht hatte sie ja einen Komplizen, das müssen wir natürlich herausfinden", antwortete Werner. „Lass uns das Ganze doch mal durchspielen: Konrad Schuhmacher betrügt seine Frau. Er fängt ein Verhältnis mit Paulas Mutter an, die dann mit ihr schwanger wird. Frau Schuhmacher erfährt davon und rastet aus."

„…Und anschließend entführt sie sie nach Bad Brückenau, lockt sie in den Wald und bringt sie dort um… Vielleicht war ja der Herr Schuhmacher so unsensibel und ist gemeinsam mit seiner Geliebten zu seiner Gattin gefahren, um sie mit ihr zu konfrontieren. Es kommt zu einem Streit, der dann eskaliert. Seine Frau will sich von ihm scheiden lassen und droht ihn auszunehmen wie eine Weihnachtsgans. Er steht zwischen zwei Stühlen und entscheidet sich gegen die Geliebte. Er fährt mit ihr in den Wald und bringt sie dort um… Also mal ehrlich, das hört sich ja eher nach einem schlechten Roman an."

Werner ließ sich nicht beirren.

„Wir brauchen eine Speichelprobe von Paula Winkler und werden sie dann mit der DNA der unbekannten Toten vergleichen lassen. Vielleicht sind wir ja doch auf die Nadel im Heuhaufen getreten."

„Autsch…" Lussano konnte sich ein Grinsen nicht verkneifen.

Das Telefon klingelte. Werner nahm sein Handy ans Ohr und hörte einen Moment nur zu.

„Was? Das gibt es doch nicht. Okay, wir kommen sofort." Er beendete das Gespräch und drehte sich zu Lussano um. „Heute Morgen wurde schon wieder eine junge Frau in der Eilenriede überfallen."

Lussano stand gleichzeitig mit ihm auf. Er schnappte sich seine Jacke und nahm den Autoschlüssel vom Schreibtisch. Sie rannten, so schnell sie konnten, zum Parkplatz und sprangen ins Auto. Lussano startete den Wagen und fuhr los.

20

Paula deckte liebevoll den Tisch, der sich in der Essecke neben der Küche befand. Aus einem der Schränke nahm sie zwei verzierte, mediterrane Kerzenständer heraus, stellte sie neben die Schale mit dem gemischten Salat und zündete die maisgelben Stumpenkerzen an. Anschließend holte sie die warmen Baguettes aus dem Ofen, legte sie in einen geflochtenen Korb und stellte ihn dazu. Zufrieden betrachtete sie ihr Werk.
„So, ich bin fertig. Was ist mit dir?", rief sie ihrem Vater zu.
„Auch fertig", antwortete Konrad. Er kam mit einem großen Teller gegrilltem Fleisch auf sie zu.
„Mmh, sieht das lecker aus", freute sich Paula.
Sie setzten sich an den gedeckten Tisch und füllten ihre Teller. Konrad goss Wein in die bauchigen Gläser und stellte die Flasche zurück in den Ständer. Er erhob das Glas und prostete Paula zu.
„Auf meine wunderschöne Tochter! Auf das Schicksal, das uns endlich wieder zusammengeführt hat. Niemand wird uns jemals wieder auseinanderbringen..."
Plötzlich erstarrte er. Die Farbe wich ihm vollständig aus seinem gebräunten Gesicht. Das Glas fiel ihm aus der Hand, landete auf dem Boden und zersprang in tausend kleine Scherben. Der rote Wein verteilte sich sofort auf den Fliesen. Der Fleck, den er hinterließ, sah aus wie Blut.
„Was, zum Teufel, machen Sie in meinem Haus?"
Paula drehte sich erschrocken um und erkannte Maren, die jetzt langsam aus der Dunkelheit auf sie zukam.

„Dein Haus? Das ist UNSER Zuhause. Schatz, ich bin wieder daheim! Ich störe euch doch hoffentlich nicht? Es war richtig rührend, euch beiden zuzusehen."

Ursprünglich hatte sich Maren mit Judy und Saskia unter einem Vorwand treffen wollen, um sie dann zu erschießen. Eine Waffe bewahrte sie schon seit einiger Zeit im Handschuhfach ihres Wagens auf. Das Kuriose daran war, dass Konrad die Pistole vor ein paar Jahren für sie zu ihrem Schutz besorgt hatte, nachdem in ihrer Abwesenheit in der Villa eingebrochen worden war. Die beiden Frauen waren die Ersten auf ihrer Liste. Sie gab ihnen die Schuld dafür, dass Konrad ihre Absichten durchschaut hatte. Außerdem befürchtete sie, dass Judy und Saskia, nach allem was passiert war, Konrad alles erzählen würden, was Maren ihnen dummerweise anvertraut hatte. Vor dem Überfall auf Judy war Maren zu dem Haus gefahren, in dem Judy und Saskia wohnten, und hatte es von der anderen Straßenseite aus beobachtet. Sollte sie nach oben gehen und die beiden einfach abknallen? Und dann? Sie hatte eine bessere Idee. Maren loggte sich im Internet ein, öffnete die Webseite der beiden Immobilienmaklerinnen und fand gleich ein geeignetes Objekt. Sie sah sich gerade die abgebildeten Fotos eines unbewohnten Bungalows an, als Judy aus der Haustür kam und sich Kopfhörer aufsetzte. Scheinbar wollte sie heute alleine joggen. Eigentlich wollte sich Maren mit den beiden Frauen, natürlich unter einem falschen Namen, zu einem Besichtigungstermin verabreden. Sie legte das Tablet auf die Beifahrerseite und fuhr stattdessen zum Bismarckbahnhof. Maren kannte die Strecke, die Judy und Saskia für gewöhnlich gemeinsam abliefen. An einer unübersichtlichen Stelle im Wald wartete sie auf eine günstige Gelegenheit, um Judy ins Jenseits zu befördern. Leider machte ihr diese dumme Gans einen Strich durch die Rechnung und setzte sie für kurze Zeit außer Gefecht.

Nach ihrer Flucht aus dem Wald hatte Maren wie erstarrt in ihrem Auto gesessen. Als sie die Polizeisirenen hörte, geriet sie in Panik. Ziellos fuhr sie durch die Gegend, bis sie mit einem Male vor ihrem Haus stand. Konrads Porsche parkte vor einer der Garagen, er war also zu Hause. Maren stellte ihren Wagen etwas weiter weg ab, ging zu Fuß zurück und um den Zaun herum, bis sie durch einen Nebeneingang in den Garten schlüpfen konnte. Sie vernahm Konrads Stimme, es war scheinbar jemand bei ihm, falls er nicht begonnen hatte, Selbstgespräche zu führen. Schnell versteckte sie sich hinter einem großen Rhododendronbusch und sah ihrem Mann dabei zu, wie er ein paar Steaks auf den Grill legte. Eine Frau rief ihm etwas zu und Konrad antwortete ihr fröhlich. Maren erkannte sofort Paulas Stimme. Sie kochte vor Wut und wäre am liebsten sofort losgerannt, um die beiden Verräter zu eliminieren. Sie blieb dann aber doch noch so lange in ihrem Versteck, bis Vater und Tochter in trauter Zweisamkeit zusammensaßen.

Maren hatte sich auf einen freien Stuhl gesetzt und richtete eine Waffe auf Konrad. Paula starrte entsetzt auf die Pistole.
„Maren… Um Himmels Willen, was hast du vor?" Konrad sprang auf.
„Setz dich sofort wieder hin und rühr dich nicht vom Fleck!"
„Bitte leg die Waffe weg, wenn die losgeht…", flehte Konrad sie an.

„Du bist unhöflich, Konrad. Du hast mich nicht eingeladen, ich gehöre doch schließlich zur Familie. Ach, ich vergaß, die konventionellen Regeln des Benehmens sind ja noch nie so dein Ding gewesen." Sie wandte sich Paula zu. „Würdest du mir bitte ein Glas holen? Ich würde sehr gerne diesen köstlichen Wein probieren." Paula stand langsam auf. Sie zitterte am ganzen Körper. „Nun geh schon, ich leiste derweil deinem Vater ein bisschen Gesellschaft."
Konrad versuchte ruhig zu bleiben.
„Bitte, Maren, wir sind doch erwachsene Menschen, wir können doch über alles sprechen."
Sie lachte leise auf.
„Das ist eine gute Idee, Liebling. Das hätten wir schon vor langer Zeit tun sollen. Jetzt ist es leider zu spät... Paula, du machst doch keinen Blödsinn, oder?"
„Ich komm ja schon. Das Weinglas hatte Flecken, ich habe es eben nur sauber gemacht."
Paula kam wieder zurück an den Tisch, nahm hastig die Flasche aus dem Ständer und goss mit zitternden Händen den Wein in Marens Glas. Ein paar Tropfen landeten dabei auf dem Tisch.
„Besonders geschickt stellst du dich aber nicht an. Weißt du eigentlich, was so eine Flasche kostet?", herrschte Maren die junge Frau an. Konrad überlegte fieberhaft, welche Möglichkeiten er hatte, um aus dieser gefährlichen Situation schadlos herauszukommen. Er durfte nicht zulassen, dass Paula wieder etwas passieren würde.

21

Kommissar Lussano setzte den Blinker nach rechts, bog ab und fuhr in die Janusz-Korczak-Allee. Ein Polizist stoppte sie, ließ sich ihre Dienstausweise zeigen und winkte sie dann durch die Absperrung.
„Weiß man eigentlich schon, wer überfallen wurde?", fragte Lussano seinen Kollegen.
„Vermutlich eine Joggerin", antwortete Werner. „Scheinbar hat sie sich gewehrt und konnte fliehen. Warte mal…" Er nahm sein Handy aus der Ablage und las eine SMS, die gerade eingegangen war. „Verdammt! Dreh sofort um und fahr zur Villa der Schuhmachers."
Ohne weiter nachzufragen, schaltete Lussano das Blaulicht an. Er änderte die Richtung und raste über die menschenleere Straße. Werner tippte eine Nummer in sein Handy und gab seinem Gesprächspartner ein paar schnelle Anweisungen durch. Als Lussano hörte, um was es ging, erhöhte er das Tempo.
An diesem Samstagabend spielte Hannover96 gegen Eintracht Braunschweig. Die Leute saßen alle bei sich zu Hause oder in den Kneipen und verfolgten das Spiel beider Mannschaften am Fernseher. Lussano ignorierte eine rote Ampel. Ein einsamer Fußgänger konnte gerade noch erschrocken zur Seite springen.
„Ich würde gerne lebend ankommen", fluchte Werner. Lussano schaute ihn nur grimmig an, schaltete kurz darauf das Blaulicht wieder aus und fuhr langsam in eine kleine Seitenstraße. Dort warteten sie so lange, bis mehrere Fahrzeuge mit Tarnkennzeichen um die Ecke bogen und neben ihnen anhielten.

Schwerbewaffnete Polizisten des SEKs in voller Kampfmontur sprangen fast gleichzeitig aus dem Wagen. Sturmhauben verhüllten ihre Gesichter. Die beiden Kommissare stiegen ebenfalls aus ihrem Auto und begrüßten den Einsatzleiter. „Guten Abend, Dieter. Danke, dass du deine Männer so schnell zusammentrommeln konntest. Es ist Gefahr in Verzug, wir müssen jetzt unbedingt schnell handeln."
Der Einsatzleiter teilte seine Mannschaft auf und gab die entsprechenden Befehle. Einer der Polizisten durchtrennte den Maschendrahtzaun mit einem Schneidewerkzeug und hob den Zaun nach oben. Die beiden Kommissare und der Einsatzleiter gingen als Erste auf das Grundstück, um sich einen Überblick über die aktuelle Lage zu verschaffen. Nacheinander schoben sich dann die Einsatzkräfte durch die schmale Öffnung und verteilten sich lautlos auf dem Gelände.

„Ich weiß, dass ich viele Fehler gemacht habe, das tut mir auch unendlich leid, aber ich verstehe nicht, was hier eigentlich vor sich geht. Du hast doch Paula dabei geholfen, herauszufinden, ob ich tatsächlich ihr Vater bin."
Keiner von ihnen ahnte, dass das Haus bereits von Polizisten umstellt war, dass der Einsatzleiter Anweisungen gegeben hatte, sich vorerst ruhig zu verhalten und dass das SEK nur noch auf einen Schießbefehl wartete.
Konrad setzte seinen ganzen Charme ein und hoffte, Maren von einer unüberlegten Tat abhalten zu können.
„Wir sind doch eine Familie und gehören zusammen. Das darfst du nicht zerstören. Ich liebe dich doch!" Maren sah ihn hoffnungsvoll an. „Wir wollten immer einen Stall voller Kin-

der. Könntest du dich nicht mit dem Gedanken anfreunden, Paula als unsere Tochter anzunehmen?"
„ICH soll die Tochter deiner Hure als MEINE anerkennen?", schrie sie ihn aufgebracht an. „In meinem Bauch waren DEINE Babys. DU hast sie umgebracht!" In ihren Augen stand der blanke Hass. Sie zielte mit der Pistole auf Paula. „Jetzt werde ich sie umbringen, damit du weißt, wie sich das anfühlt."
Konrad sprang auf, warf sich mit seinem gesamten Gewicht auf Maren und versuchte, ihr die Pistole zu entreißen. Zeitgleich stürmte Kommissar Werner mit dem SEK die Wohnung. Die Polizisten verteilten sich schnell in dem Raum und richteten ihre Präzisionsgewehre auf die Zielperson.
„Lassen Sie die Waffe fallen oder wir schießen", brüllte der Einsatzleiter. Maren fiel vor Schreck die Pistole aus der Hand. Lussano, der unmittelbar nach seinen Kollegen eingetroffen war, eilte zu ihr hin. Er hob die Waffe auf und sicherte sie. Konrad stand vom Boden auf und schaute verblüfft auf die Ansammlung der unerwarteten Besucher.
Maren sackte in sich zusammen.
„Er hat mir alles genommen…, meine Babys…", wimmerte sie verstört. Dann schnellte sie hoch. Werner konnte sie gerade noch zurückhalten. Ihr Gesicht verzerrte sich zu einer Fratze.
„Deine Mutter war eine Hure, wusstest du das?", schrie sie Paula plötzlich an. Paula fing an zu weinen. „Sie hat geglaubt, mir meinen Mann, mein Leben stehlen zu dürfen. Sie hat sich von deinem Vater ficken lassen, um schnell schwanger zu werden, damit wollte dieses Miststück ihn einfangen und ihn mir einfach wegnehmen." Sie drehte sich zu Konrad um und blickte ihn verzweifelt an. „Du hast gesagt, dass du mich

liebst. Sie hätte uns nie in Ruhe gelassen. Ich habe doch immer unsere Probleme aus dem Weg räumen müssen..."
Konrad sah sie entsetzt an.
„Was hast du getan?", schrie er und fürchtete sich gleichzeitig vor ihrer Antwort. Maren guckte ihn mit einem irren Grinsen an.
„Deine Schlampe kam zu mir, als ich in der Klinik in Bad Brückenau war. Erinnerst du dich noch? DU hast mich dort hingebracht, wolltest mich loswerden, damit du mit ihr in aller Ruhe herumvögeln konntest. Sie kam dann zu mir und sagte, wie sehr sie dich lieben würde und wie sehr du deine Tochter lieben würdest und dass ich dich freigeben solle. Sollte ich das zulassen? Das wolltest du doch auch nicht, oder?"
Konrad senkte seinen Blick. Warum war er damals nicht Manns genug gewesen, um sich schützend vor Anna zu stellen? Wäre er bloß nicht so feige gewesen... Er ahnte nun, dass er die Liebe seines Lebens auf eine grausame Weise verloren hatte.
„Wir beide gehören doch zusammen. Nur du und ich. Niemand darf uns jemals auseinanderbringen!" Maren sah ihn flehend an. „Ich wollte dir ein Kind schenken. Ein Kind, das unsere Liebe für immer besiegelt!"
Kommissar Werner ging behutsam auf Maren zu.
„Frau Schuhmacher, es ist vorbei. Mein Kollege wird Sie jetzt mitnehmen." Lussano nahm sie am Arm und führte sie aus dem Haus.
„Woher wussten Sie...?", begann Konrad.
„Ihre Tochter hat mir eine SMS geschickt", antwortete ihm Werner. Konrad sah Paula fragend an.

„Als ich das Weinglas aus der Küche holen sollte, habe ich ihm, so schnell ich konnte, eine Nachricht gesendet." Verzweifelt schaute sie zu ihrem Vater hoch. „Hat sie Mama wirklich etwas angetan? Das ist doch nicht wahr! Sie will uns doch nur wieder quälen! Bitte sag, dass es nicht wahr ist!" Konrad nahm sie beschützend in seine Arme. Maren hatte nicht gelogen, er wusste es jetzt. Anna hätte nie ihre Tochter im Stich gelassen. Warum wollte er das damals nicht erkennen? Statt nach ihr zu suchen, hatte er den vermeintlich einfacheren Weg für sich gewählt und war schnell wieder in den Alltag zurückgekehrt. Er hatte sie und seine Tochter im Stich gelassen. Er war mit Schuld an ihrem Tod.
„Herr Schuhmacher", sprach Werner ihn vorsichtig an, „die Spurensicherung trifft gleich ein. Sobald die Untersuchungen hier im Haus soweit abgeschlossen sind, werden wir es vorerst versiegeln. Wir müssen Sie allerdings für Morgen auf das Polizeikommissariat bitten, damit wir Ihre Aussagen protokollieren können. Versuchen Sie aber erst einmal zu schlafen. Der Arzt wird Ihnen ein Beruhigungsmittel mitgeben, und dann lasse ich Sie und Ihre Tochter in ein Hotel bringen. Es wird noch etwas dauern, bis Sie wieder zurück in die Villa dürfen."

22

Maren kam vorerst in Untersuchungshaft. Am nächsten Tag wurde sie zur Vernehmung vorgeführt. Sie wirkte erstaunlich gelassen und legte sofort ein vollständiges Geständnis ab. Sie redete wie ein Wasserfall, war scheinbar froh, endlich alles loszuwerden. Werner schaltete das Aufnahmegerät an, um ihre Aussage festzuhalten.

Anna hatte damals Maren angerufen und sie um eine Aussprache gebeten. Sie ließ sich darauf ein und verabredete sich abends mit ihr am Aussichtsturm des Dreistelzberges in Bad Brückenau. Die beiden Frauen gerieten in einen furchtbaren Streit. Nachdem Maren erkannt hatte, dass sie alles verlieren würde, stach sie voller Wut und Verzweiflung immer wieder auf ihre Nebenbuhlerin ein. Als sie wieder zu sich kam, begriff sie, was sie getan hatte. In Panik lief sie zu ihrem Wagen, nahm eine Flasche Mineralwasser aus dem Auto und wusch sich damit das Blut von ihren Händen und auch aus dem Gesicht. Sie holte ihren Jogginganzug aus dem Kofferraum und wechselte die Kleidung. Ihre blutverschmierten Sachen packte sie in eine Plastiktüte und fuhr so schnell wie möglich davon. Später fand man sie fast leblos auf ihrem Bett liegen. Sie hatte versucht, sich mit Schlaftabletten das Leben zu nehmen. Konrad war sofort zu ihr gefahren, um sich um sie zu kümmern. Alle vermuteten, dass Depressionen der Grund für ihren Selbstmordversuch gewesen waren. Maren selbst verdrängte die Tat und irgendwann glaubte auch sie, es sei nie geschehen. Erst als Paula plötzlich auftauchte, kamen die schrecklichen Erinnerungen gnadenlos an die Oberfläche zurück. Es war für sie wie ein Déjà-vu. Die Vergangenheit hatte sie wieder eingeholt, das konnte sie nicht zulassen. Bei dem Mord an Anna hatte sie aus dem Affekt heraus gehandelt. Den Überfall auf Paula hatte sie kaltblütig geplant, geglaubt, auch sie beseitigen zu müssen. Um die Tat begehen zu können, durfte sie nicht die Aufmerksamkeit auf sich lenken. Also suchte sie jemanden, der für Drogen alles tun würde. Um nicht erkannt zu werden, hatte sie sich in der Herrenabteilung eines Kaufhauses eine Hose, eine Lederjacke, eine Wollmütze und ein paar Herrenschuhe gekauft. Sie zog sich die schwarze Kleidung an und die Mütze tief ins Gesicht. Ihre Augen versteckte sie hinter einer getönten Brille. Aufgrund ihrer großen, schlanken, sportlichen Figur und ihrer rauchigen Stimme, die Konrad früher als sexy bezeichnet hatte, konnte man sie ohne Weiteres für einen Mann halten. Ein paar Tage lang lungerte sie im Steintorviertel herum und hielt Ausschau nach einem geeigneten Objekt. An einem der Abende ging sie eher zufällig die Brüderstraße entlang und betrachtete angeekelt „die geifernden Freier und die billigen Nutten". Sie ignorierte die anbiedernden Sprüche der Huren, die sie für einen Kerl hielten. Dabei beobachtete sie zwei Männer, die in einer widerlichen Art und Weise an den Mädchen herumgrabschten. Als sie näher kamen, erkannte sie einen von ihnen. Maren hatte Dennis einmal zusammen mit seinem Vater bei einer Veranstaltung gesehen. Hinter vorgehaltener Hand wurde erzählt, dass der Sohn des prominenten Anwalts drogensüchtig sei und nur noch nicht hinter Schloss und Riegel saß, weil sein Vater ihn immer wieder herauspauken konnte. In den beiden Männern hatte sie ihre Komplizen gefunden. Maren war selbst überrascht, wie einfach es war, und auch darüber, dass sie keinen Zweifel daran hatten, dass es sich bei ihr nicht um einen Mann handeln könnte. Für

Maren war es jedenfalls von Vorteil, dass die beiden ständig zugedröhnt waren.

Dennis und Hakan sollten sich an Paula heranmachen. Wo und wann sie sie treffen würden, teilte sie ihnen telefonisch mit. Maren hatte K.-o.-Tropfen besorgt, die sollten sie, sobald sich eine passende Gelegenheit dazu ergab, in ihr Getränk mischen. An dem besagten Abend rief Dennis Maren an, um ihr mitzuteilen, dass es „endlich losgehen könne". Sie fuhr sofort zum BrauHouse und parkte ihr Auto so, dass man sie nicht sehen konnte. Verärgert beobachtete sie, wie Paula, die vollkommen betrunken wirkte, von Dennis zu einem Fahrzeug geführt wurde. Maren überlegte, ob es vielleicht besser sei, die ganze Sache wieder abzubrechen. Die Gefahr, entdeckt zu werden, war einfach zu groß. Da aber scheinbar niemand außer ihr mitbekam, was gerade geschah, beschloss sie, sich doch nicht einzumischen, und folgte ihnen mit ihrem Wagen. Die beiden Männer fuhren zum Bischofshol und parkten dort ihr Auto. Dann schleppten sie das Mädchen in den Wald und fielen gleich über sie her. Paula war noch zu betäubt, um sich wehren zu können. Niemand bemerkte Marens Anwesenheit. Anfangs meldeten sich doch Skrupel, als sie sah, mit welcher Brutalität Dennis die junge Frau misshandelte, aber dann übermannte sie statt Mitleid der blanke Hass. Anstatt sich zu ekeln, genoss sie es zuzusehen, wie man Paula quälte. Sie musste büßen, weil sie die Absicht hatte, Marens Leben zu zerstören. Jetzt wollte sie Paula zerstören, ihr wehtun. Sie war nicht besser als ihre Mutter. Beide Frauen wollten ihr ihren Mann nehmen. Anna hatte bereits ihre gerechte Strafe bekommen und auch ihre Tochter musste nun bestraft werden. Nachdem Hakan und Dennis mit ihr fertig waren, rannten sie feige davon. Paula versuchte aufzustehen, fiel aber immer wieder hin. Von Weitem hörte man einen Hund bellen. Maren beobachtete Paula, die sich erst suchend umsah, dann ihre Jeans und ihre Bluse umständlich anzog und vorsichtig einen Schritt vor den anderen setzte. Maren kam aus ihrem Versteck hervor und ging auf sie zu. Das Mädchen bemerkte sie und versuchte schneller zu gehen. Sie sah sich immer wieder nach ihr um. Bevor Maren sie eingeholt hatte, stolperte Paula und fiel mit dem Kopf auf einen Stein. Maren ging zu ihr hin, beugte sich über sie und fühlte ihren Puls. Sie hielt ihr Ohr an ihren Mund, spürte aber keinen Atem. Sie schüttelte sie, es kam aber keine Reaktion. In dem Glauben sie sei tot, begann sie ihren irren Plan zu vollenden. Sie holte ein Seziermesser heraus, schnitt die Jeans in Höhe des linken Oberschenkels auf und fing an, ein „B" durch die nackte, weiße Haut zu ziehen. Das musste sie tun, um Paula und sich selbst von allen Sünden zu befreien. Dunkelrotes Blut quoll aus der Wunde. Paula zog reflexartig ihr Bein zurück und stöhnte leise auf. Erschrocken hielt Maren einen Moment inne, doch dann hielt sie die Klinge an Paulas Kehle. Sie wollte es jetzt endlich zu Ende bringen. Plötzlich sah sie einen Hund auf sich zulaufen. Wütend steckte sie das Messer wieder ein und stand auf. Sie ging langsam von ihrem Opfer weg, um die Aufmerksamkeit des Hundes nicht auf sich zu ziehen. Sobald er außer Sicht war, zog sie ihre Lederjacke aus, knotete sie um ihre Hüften, nahm die Mütze ab und fing an zu joggen…

Werner schaltete das Aufnahmegerät aus und gab vor, einen wichtigen Anruf tätigen zu müssen. Er musste dringend an die frische Luft. Lussano folgte ihm. Sie gingen auf den Balkon ihres Büros und zündeten sich eine Zigarette an.

„Meine Güte, ist das pervers. Warum hat kein Mensch bemerkt, wie krank diese Frau eigentlich ist?"
Lussano schüttelte angewidert seinen Kopf. Werner nahm einen tiefen Zug und blies den Rauch aus seiner Lunge.
„Sie ist wie eine tickende Zeitbombe. Die Untreue ihres Mannes hat sie innerlich zerfressen. Ihre Trennungsängste waren schon aus diesem Grunde ziemlich extrem. Der Auslöser für ihre Verbrechen waren dann scheinbar die drei Fehlgeburten. Dass sie danach nie wieder Kinder bekommen konnte, hat sie dann völlig aus der Bahn geworfen. Als Anna zu ihr kam und um eine Aussprache bat, glaubte sie, sie beseitigen zu müssen, da sie ihr ihren Mann nehmen wollte. Nachdem später Paula aufgetaucht war und denselben Anspruch auf ihren Mann einforderte, brannten bei ihr endgültig sämtliche Sicherungen durch und sie wollte sie ebenfalls umbringen. Sie konnte es nicht zulassen, dass wieder jemand versuchte, ihre Ehe zu zerstören. Ihre Taten sieht sie in ihrem wirren Kopf scheinbar als berechtigt an. Sie glaubte, diejenigen bestrafen zu müssen, die ihrer Meinung nach Schuld an ihren eigenen Verlusten hatten."
„Meine Güte, sie hätte sich doch einfach von ihrem Mann trennen können. Schließlich war er derjenige, der ihr Leben zerstört hat."
„Den Hass auf ihn hat sie stattdessen auf die beiden Frauen projiziert. Warum sie auch noch Judy Sander überfallen hat, ist mir allerdings ein Rätsel."
Lussano drückte seine Zigarette im Aschenbecher aus.
„Dann gehen wir mal wieder rein und lassen es uns von ihr erklären."

Für Maren war es eine logische Folgerung aus den vorangegangenen Taten. Ihr ausgeklügelter Plan war durch den Fehler der beiden Immobilienmaklerinnen zunichte gemacht worden. Bevor sie die Villa verkaufen und alle Konten leer räumen konnte, war die Sache durch das Zusammentreffen mit Saskia und Konrad aufgeflogen. Eine Flucht nach Teneriffa, um dort ein neues Leben zu beginnen, war dadurch nicht mehr möglich gewesen. Aus Angst vor der Rache ihres Mannes und der Ausweglosigkeit, in der sie sich nun befand, plante sie, ihr eigenes zu Leben zu beenden. Sie wollte aber nicht mit dem Gedanken sterben, dass die Menschen, die sie für ihr verkorkstes Leben und ihren baldigen Tod verantwortlich machte, weiterleben durften. Dass Judy an dem Tag alleine joggte, wich von ihrem eigentlichen Plan ab. Maren verfolgte sie dann aber mit der Absicht, sie sofort zu töten. Um Saskia hätte sie sich später gekümmert. Mit Judys überraschendem Widerstand hatte sie allerdings nicht gerechnet. Nachdem sie von ihr überwältigt worden war, rannte sie in Panik los. Nun wurde sie selbst gejagt. Sie hetzte wie ein wildes Tier durch den Wald und stand auf einmal vor ihrer Villa. Dass ihr Mann es wagte, Paula in ihr gemeinsames Zuhause einzuladen, empfand sie als Verrat an ihrer Person. Es war nun eindeutig, dass er Maren für immer aus seinem Leben ausgeschlossen hatte. Das Finale sollte mit einem großen Knall enden. Sie wollte erst Paula erschießen, um seinen Schmerz gnadenlos genießen zu können. Anschließend wollte sie Konrad umbringen, sich zu ihm legen und die letzte Kugel hätte sie dann für ewig vereint…
Hauptkommissar Werner und Kommissar Lussano versuchten so sachlich wie möglich zu bleiben, unterbrachen sie nur wenige Male. Die Kaltblütigkeit bei der Ausführung ihrer Ver-

brechen ließ ihnen das Blut in den Adern gefrieren. Die Frau war wahnsinnig, sie gehörte definitiv hinter verschlossene Türen. Man durfte sie nie mehr auf die Menschheit loslassen. *Ich hoffe, du wirst jetzt für alle Ewigkeit alleine in der Hölle schmoren und dort für deine Taten büßen*, dachte Werner bei sich, als er Maren abführen ließ.

Ein Jahr später…

Werner, Lussano und Dr. Klein saßen ungestört in einer gemütlichen Kneipe an einem runden Tisch und genossen gemeinsam ihren wohlverdienten Feierabend.

„Jetzt kann ich beruhigt in Rente gehen", sagte Dr. Klein. „Ich danke euch, dass ihr diesen Fall so souverän gelöst habt. Die Gerechtigkeit hat mal wieder gesiegt."

„Sagen wir mal lieber, Kommissar Zufall hat dabei die Hauptarbeit geleistet", meinte Werner. „Bei Paula Winkler und auch Herrn Schuhmacher wird es allerdings noch lange dauern, bis sie diesen Schicksalsschlag verarbeitet haben. Ich glaube aber, dass sie das gemeinsam hinbekommen werden."

„Also ich brauche erst mal eine Pause. Nächste Woche fliege ich mit ein paar Freunden nach Florida. In Fort Lauterdale mieten wir uns ein Boot, gleiten durch die Kanäle und auf Deck werde ich meinen athletischen Körper in der Sonne brutzeln lassen." Lussano freute sich schon auf seinen Urlaub.

„Da werden dich Frau Schuhmacher, Hakan und Dennis sicher beneiden. Die Sonne scheint bei denen jetzt nur noch durch die Gitterstäbe. Die werden in den nächsten Jahren eher eine blasse Hautfarbe davontragen", lachte Werner.

„Daran werde ich dann denken, wenn ich auf Key West mit einer Pina Colada am Pier sitze und dabei zusehe, wie die glutrote Sonne im Meer versinkt."

„Darauf lasst uns anstoßen!" Die Männer ließen ihre Gläser klingen. Dr. Klein wischte sich den weißen Schaum von seinen Lippen.

„Wie sind die Urteile eigentlich ausgefallen?", fragte er neugierig.

„Frau Schuhmacher kam aufgrund einer schweren Persönlichkeitsstörung auf unbestimmte Zeit in die geschlossene Psychiatrie", antwortete ihm Werner. „Dennis spielte vor Gericht anfangs den braven Jungen, als habe er sich vorher noch nie etwas zu Schulden kommen lassen. Zumindest war er bei vorangegangenen Taten nie erwischt worden. Er bereute seine Tat angeblich zutiefst und gab als Begründung an, dass ‚die Drogen ihn zu einem schlechten Menschen gemacht' hätten. Er versprach hoch und heilig, nie wieder welche anrühren zu wollen. Da er noch keine Vorstrafen besaß und zur Tatzeit unter Drogen stand, fiel sein Urteil verhältnismäßig milde aus. Außerdem erklärte er sich dazu bereit, eine Entziehungskur durchzuführen. Sein Vater legte Berufung ein, was seinem Sohn letztendlich acht Monate mehr einbrachte."
Dr. Klein nickte zufrieden.
„Mein Bedauern darüber hält sich in Grenzen. Durch ihn und seinen Komplizen war es schließlich erst möglich, dass Frau Schuhmacher das Mädchen fast umgebracht hätte. Hoffentlich nutzt er die Zeit im Gefängnis, um sich darüber im Klaren zu werden und die Tragweite zu erkennen, was er und Hakan Paula Winkler Schreckliches angetan haben."
Er trank sein Bier aus, stellte das leere Glas zurück auf den Tisch und bestellte bei der Kellnerin eine weitere Runde. Werner wartete, bis sie gegangen war, und setzte seinen Bericht fort.
„Immerhin konnte sein Vater ihn in der JVA Sehnde unterbringen. Das Vorzeigegefängnis gleicht ja mehr einem Wellness-Hotel als einem Knast. Nicht zu vergleichen mit der Justizvollzugsanstalt, in der Hakan in den nächsten Jahren seine Strafe absitzen muss. Der kam aufgrund seines langen Vor-

strafenregisters und weil er noch auf Bewährung gewesen war, nicht so glimpflich davon. Alle Urteile fielen trotzdem nicht so hoch aus wie erwartet. Strafmindernd wurde die Tatsache bewertet, dass beide ein vollständiges Geständnis abgelegt haben. Paula Winkler blieb dadurch die Gegenüberstellung mit ihren Peinigern und eine lange, zermürbende Gerichtsverhandlung erspart." Werner erhob sein Glas. „So, Leute, jetzt lasst uns mal auf den gemütlichen Teil des Abends übergehen. Prost, Jungs, auf die Gerechtigkeit!"

Nachdem der Gerichtsmediziner Annas Leiche freigegeben hatte, fand sie auf dem Seelhorster Friedhof ihre letzte Ruhestätte und damit endlich ihren Frieden. Ein wunderschöner Marmorengel bewachte von nun an ihr Grab. Konrad beauftragte Judy und Saskia, die Villa samt dem Mobiliar zu verkaufen. Er holte nur seine persönlichen Sachen aus dem Haus und mietete vorübergehend eine Wohnung für sich und Paula. Seine gutlaufenden Fitnessstudios verkaufte er an seinen langjährigen Geschäftspartner und Freund, der sie gerne übernahm. Paula entschloss sich dann doch noch zu einer Hypnose. Sie durfte das alles nicht mehr verdrängen. Sie musste sich mit dem, was man ihr und ihrer Mutter angetan hatte, auseinandersetzen, um es dann endlich aufarbeiten zu können. In Konrad fand sie einen Leidensgenossen. Er war jetzt immer für sie da, um sie aufzufangen, wenn es ihr besonders schlecht ging. Die Monate nach der Tat waren für beide wahrhaftig die schlimmsten ihres Lebens. Bei jedem Gerichtstermin hatte Konrad in der vordersten Reihe im Zuschauerraum gesessen und alle Verhandlungen konzentriert verfolgt. Er wollte bis ins Detail erfahren, was Maren und ihre Komplizen Anna und

Paula angetan hatten. Es war für ihn fast unerträglich, aber auch zu wichtig gewesen, damit auch er endgültig mit der Vergangenheit abschließen konnte. Nach den Urteilsverkündungen fuhren er und Paula gleich zum Flughafen. Sie waren froh, dass es endlich vorbei war. Konrad wollte seiner Tochter die Welt zu Füßen legen, um ihren Kopf von allen Sorgen und ihre Seele von den Schmerzen, die sie erleiden musste, zu befreien. Kein Mensch würde es noch einmal wagen, sich zwischen sie zu stellen. Sie machten sich jetzt auf den Weg in eine hoffentlich glücklichere Zukunft.

Judy brauchte noch eine Weile, bis sie sich von dem Überfall erholt hatte. Gemeinsam mit Saskia, Claus und Thomas verfolgten auch sie den Prozess und war entsetzt über die Kaltblütigkeit von Maren Schuhmacher. Dass sich so ein Gewaltpotential hinter ihrer eigentlich sympathischen Fassade befand, schockierte sie immer wieder aufs Neue. Sie waren alle dankbar, dass alles so glimpflich verlaufen war. Eine Armee von Schutzengel hatte sie vor dem Schlimmsten bewahrt. Die beiden Freundinnen joggten jetzt nur noch um den Maschsee herum und trainierten regelmäßig in der Kampfsportakademie. Die Eilenriede mieden sie vorerst. Claus und Judy waren seit einigen Wochen ein Paar. Wenn es nach ihm ginge, wären sie schon längst zusammengezogen. Judy wollte es aber erst einmal langsam angehen lassen und Saskia hatte nichts dagegen, noch eine Weile einen reinen Frauenhaushalt mit ihr zu führen. War schon komisch, dass sie nun oft getrennte Wege gingen. Manchmal nahmen die beiden Turteltauben Saskia mit und Thomas schloss sich ihnen an…

EPILOG

Judy war gerade dabei, ein Exposé für einen Interessenten zusammenzustellen, als das Telefon klingelte.

„Sander und Schmidtke Immobilien, was kann ich für Sie tun?", fragte sie freundlich.

„Du könntest heute Abend mit mir ausgehen", antwortete die Stimme am anderen Ende der Leitung.

„Hi, Claus, was liegt denn an?"

Das Herz klopfte ihr bis zum Hals.

„Heute Abend spielt Hannover96 gegen Bayern München. Kommst du mit ins Vereinshaus und wir trinken ein paar Bierchen bei Alex?"

Judy sagte erfreut zu.

„Bringst du bitte Saskia mit? Ich bringe dann Thomas mit. Der Kerl geht mir langsam auf die Nerven. Ständig schwärmt er von deiner Freundin und stört mich bei meinen Träumen von dir."

„Geht klar, du Spinner! Treffen wir uns nachher auf ein Bier bei Alex."

Saskia sah neugierig zu ihr rüber.

Judy schaltete ihr Handy aus und schaute sie verschmitzt an.

„Du solltest heute Abend deine High Heels tragen, das macht optisch lange Beine …"

Fortsetzung folgt…

Alle in diesem Roman vorkommenden Personen, Handlungen und Ereignisse sind frei erfunden. Etwaige Ähnlichkeiten mit lebenden oder verstorbenen Personen sind rein zufällig.

Anders Hannover Krimi / Autorin Ina Kloppmann

Der ursprünglich aus Berlin stammende Obdachlose Icke und sein Kumpel Horst, werden an Hannovers Kiesteichen überfallen. Horst kommt auf grausame Weise ums Leben und Icke wird schwer verletzt. Die beiden Männer wurden Opfer einer zufälligen Begegnung mit ein paar Jugendlichen, die zum Zeitpunkt der Tat unter Drogeneinfluss gestanden hatten. Anfangs wollten sie ‚die Penner nur ein bisschen aufmischen', aber die Stimmung wurde durch den achtzehnjährigen Lukas aufgeheizt sodass es zwischen den Beteiligten schließlich eskalierte.

Der Sozialpädagoge Oliver Hoffmann betreut außerhalb seiner Praxis ehrenamtlich Menschen, die am Abgrund unserer Gesellschaft leben. Nach seiner Entlassung aus dem Krankenhaus zieht Icke zu ihm. Aus der anfänglichen Zweckgemeinschaft entwickelt sich bald eine herzliche Freundschaft zwischen den beiden ungleichen Männern, die aufgrund ihrer Lebensweise immer wieder auf Vorurteile in der Gesellschaft stoßen. Der schwule Oliver Hoffmann ist der Patenonkel von Saskia, eine der Protagonisten aus dem Debütroman der Autorin „Bereue Hannover Krimi". Seit der fünften Klasse ist er mit Saskias Mutter Lea, einer lebenslustigen Mittfünfzigerin, befreundet. Auch Saskias beste Freundin Judy und deren Freunde Thomas und Claus, tragen wieder mit dazu bei, diesem spannenden Krimi eine unterhaltsame und amüsante Note zu verleihen.

Die letzte Seite möchte ich dafür nutzen, um mich bei ein paar Leuten zu bedanken:

Bei meinem geduldigen Ehemann, der meine verrückte Idee, Krimis zu schreiben, stillschweigend toleriert.

Meinem Sohn und meiner Nichte, die, während unseres gemeinsamen Urlaubs auf Kreta, das Manuskript meines Debütromans „Bereue Hannover Krimi" mit Interesse und einem Rotstift in der Hand, gelesen haben.

Meinen beiden Schwestern, vor allem Marion, die die von mir immer wieder geänderten Seiten lesen „mussten".

Ich danke euch allen für eure ehrliche Meinung, berechtigte Kritik, aufmunternden Worte und tatkräftige Unterstützung.